理由《わけ》あって冬に出る

似鳥 鶏

某市立高校の芸術棟には[illegible]を吹く幽霊が出るらしい——。吹奏楽部は来る送別演奏会のための練習を行わなくてはならないのだが，幽霊の噂に怯えた部員が練習に来なくなってしまった。かくなる上は幽霊など出ないことを立証するため，部長は部員の秋野麻衣とともに夜の芸術棟を見張ることを決意。しかし自分たちだけでは信憑性に欠ける，正しいことを証明するには第三者の立会いが必要だ。……かくして第三者として白羽の矢を立てられた葉山君は夜の芸術棟へと足を運ぶが，予想に反して幽霊は本当に現れた！　にわか高校生探偵団が解明した幽霊騒ぎの真相とは？　第16回鮎川哲也賞に佳作入選したコミカルなミステリ。

理由《わけ》あって冬に出る

似鳥　鶏

創元推理文庫

HIGHSCHOOL GHOST BUSTERS

by

Kei Nitadori

2007

目次

理由《わけ》あって冬に出る

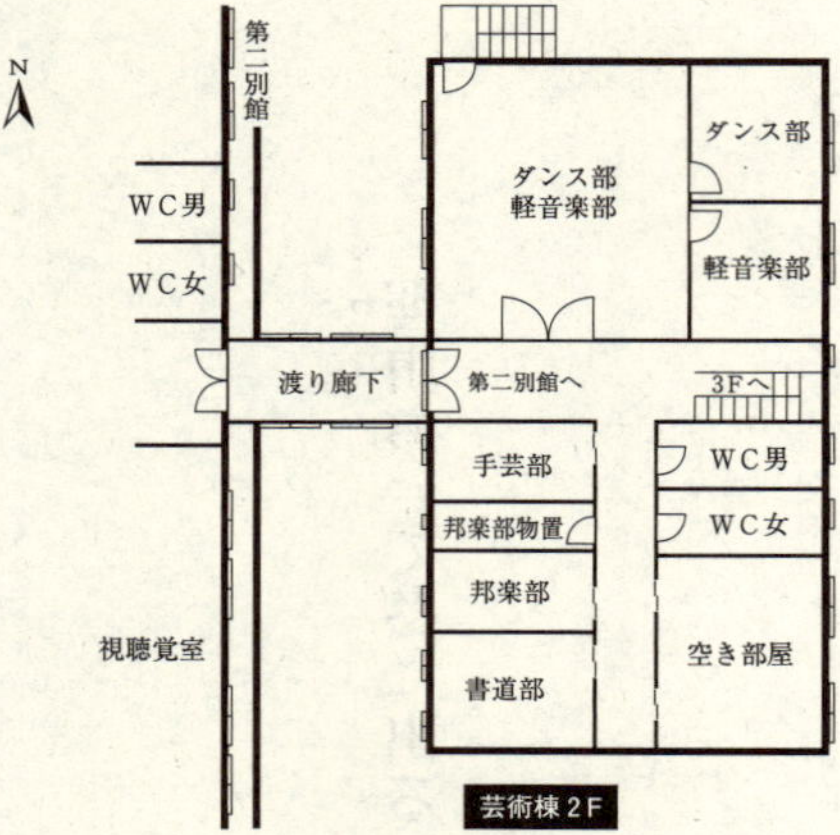
N
第二別館
WC男
WC女
渡り廊下
視聴覚室
ダンス部
軽音楽部
ダンス部
軽音楽部
第二別館へ
3Fへ
手芸部
邦楽部物置
邦楽部
書道部
WC男
WC女
空き部屋

芸術棟 2F

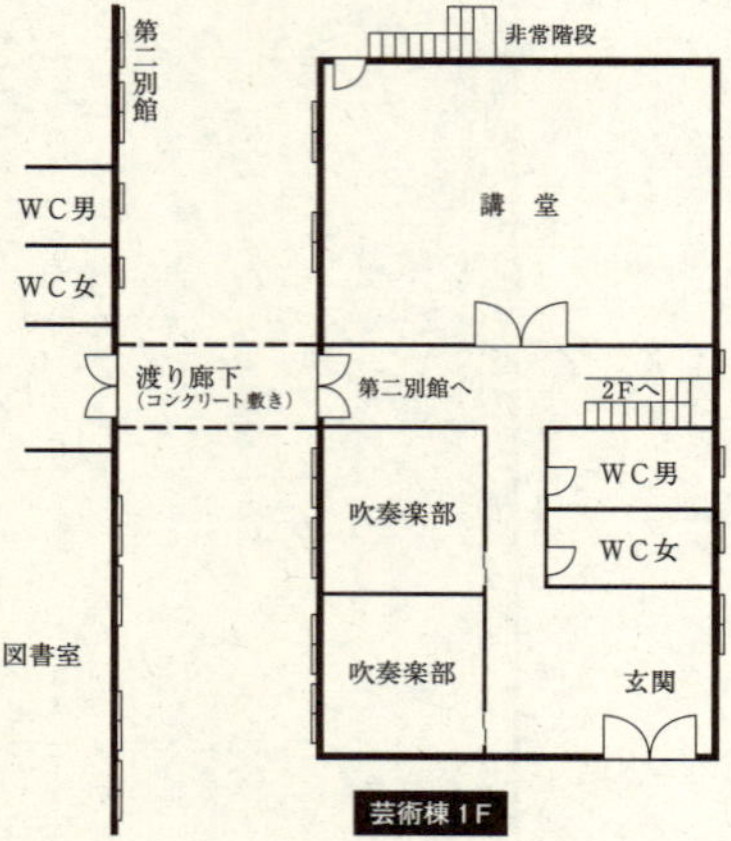
第二別館
非常階段
WC男
WC女
渡り廊下
(コンクリート敷き)
図書室
講　堂
第二別館へ
2Fへ
吹奏楽部
吹奏楽部
WC男
WC女
玄関

芸術棟 1F

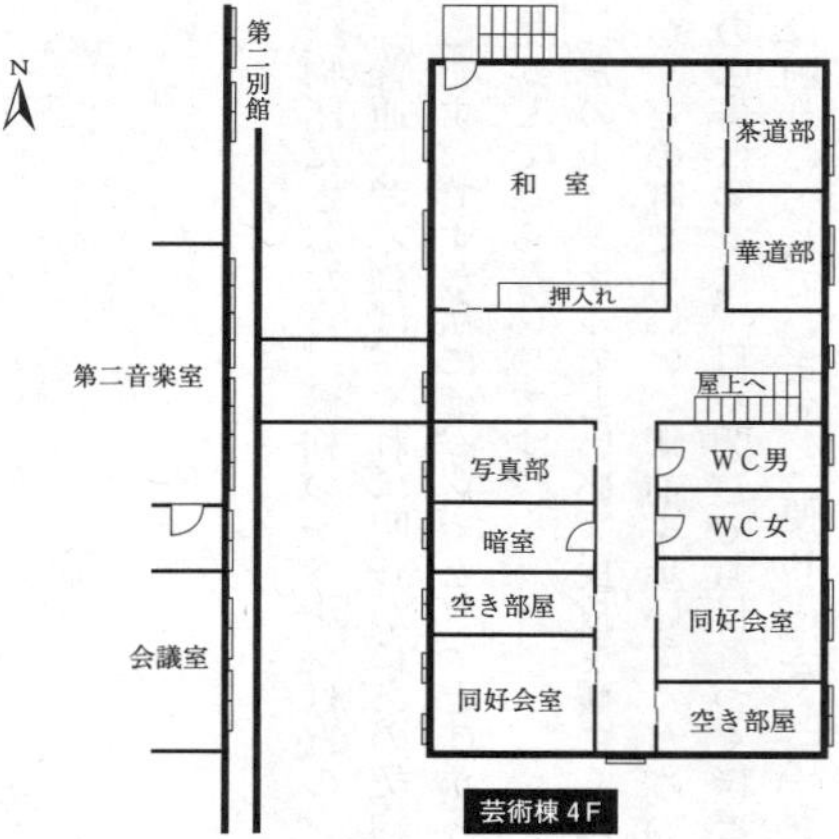
N
第二別館
和　室
茶道部
華道部
押入れ
第二音楽室
屋上へ
写真部
WC男
暗室
WC女
空き部屋
同好会室
会議室
同好会室
空き部屋
芸術棟4F

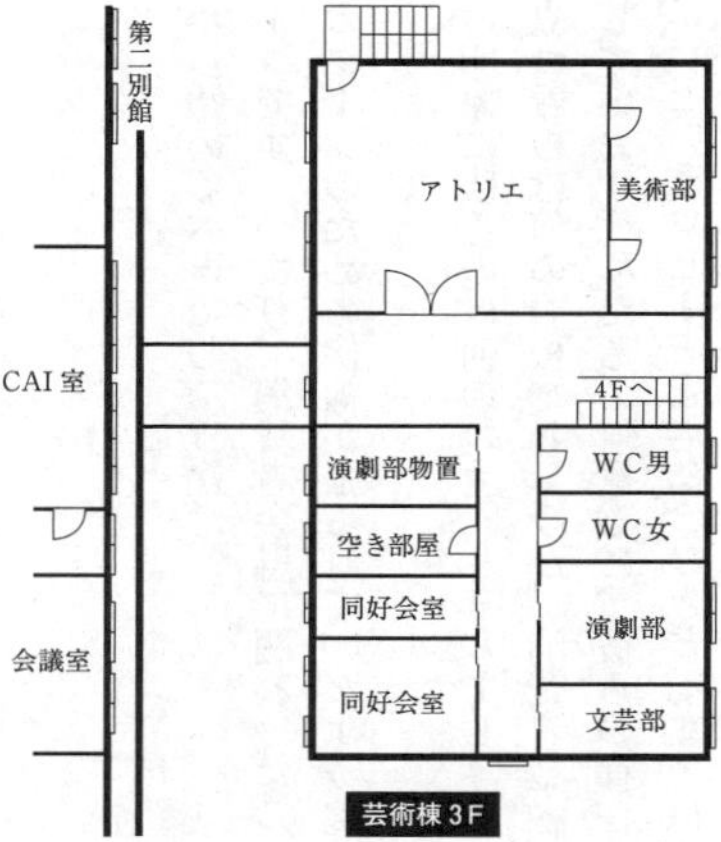
第二別館
アトリエ
美術部
CAI室
4Fへ
演劇部物置
WC男
空き部屋
WC女
同好会室
演劇部
会議室
同好会室
文芸部
芸術棟3F

プロローグ

物語だとしたら、最初の一ページはどのシーンから始めるべきでしょうか。

普通に考えれば、それは明らかにあの契約のシーンです。つまり、消費者金融に関わったことです。ですが私には、もっとずっと前から、このシーンのための伏線が張られていたような気がしてならないのです。

どのチャンネルでもいい。民放を観てください。印象に残るのは何のコマーシャルでしょうか。どの町でもいい。駅前を歩いてください。目立つ看板は何の看板でしょうか。消費者金融の広告はすでに、目を閉じても目につくほど浸透しています。私たちの無意識に、彼らの存在は刷りこまれています。「便利」「安心」「お気軽に」というコピーとともに。ひと昔前まではこうじゃなかった。彼らが「高利貸し」と呼ばれていた頃までは。

彼らは任意の契約だと言うでしょう。ですが、あれだけ実際と違うイメージを刷りこんでおいて、はたして任意の契約などできるものでしょうか。私が金を返せなかったことも確かです。

ですが、あの金利では返せなくなることくらい、彼らははじめから分かっていたはずです。こちらからみれば、罠にかけられたのと同じようなものです。

私はある事情から一時的に金が必要になり、ある消費者金融でカードを作りました。しかし、この時点ですでに罠が仕掛けてありました。私は十万円しか借りるつもりがなかったのに、五十万円を渡されました。こんなに要《い》らないと言うと、コンピュータと支払日の関係でこの額でしか受け付けられないと言われました。

借金はすぐに返せなくなりました。あの金利で借金をしたら、借金をする以外に返す方法がないということが、後になってようやく分かりました。返せなくなると、すぐに私の携帯に電話が入りました。別の業者からの勧誘の電話でした。一体どういう仕組みになっていればあんないいタイミングで電話がかかってくるのでしょうか。それは分かりませんが、私には断る自由はありませんでした。支払日の迫った借金を返すためには、より高い金利で借金をするしかありませんでした。借りる会社はどんどん増え、条件もどんどん悪くなりました。しかし目の前の支払を乗り越えるためには、どんな条件でも借りるしかありませんでした。

何社から借りているのか、どこにどれだけ返さなければならないのか分からなくなった頃、ある業者が私に言いました。債務《さいむ》を一本化して整理しませんか。……わけが分からなくなっていた私は承諾しました。しかし、実際には借金が減るわけではないのです。それどころか、「整理手付金」なるものが必要だと言われ、また金を取られました。

脅迫そのものの督促《とくそく》が来ました。払わなければ職場や親戚にばらすと脅されましたし、これからお前の家に行くからそれまでに金を用意しておけと言われました。支払のために、持っている物はすべて失いました。家は担保に取られましたし、家族親戚からも借金をし、妻が保証人にされました。それでも、借金はなぜか一向に減りませんでした。残されたものは命しかありませんでした。生命保険には入っていましたから。

今思えば、私に選択の余地があったことは一度もありません。過剰な広告に洗脳されて店に行き、払えなくなると同時に勧誘が来て、借りる相手が多くなったところで整理しませんかと誘われた。私の行動はすべて彼らの予定通りだったのです。

物語だとしたら、脚本を書いたのは彼らですね。きっと彼らの脚本には、私が死ぬことも書かれているはずなのです。死ねば保険金がおりる。そうして払う以外に、私には選択の余地がないからです。そうしなければ、家族にまで累《るい》が及ぶ。

私は死ぬことを決め、死に場所を決めました。若い頃の思い出のある、観光地としてはあまりぱっとしない湖畔です。選ぶのに、そんなに悩んだわけではありません。あまりぱっとしない、というところが、いかにも私にふさわしいからです。

しかし。

もしかして、私のその選択すら、彼らの脚本に書かれているのでしょうか？　そんなはずはないと思うのですが……。

第一章　一日目の幽霊

僕の通う某市立高校は丘の上に建っている。僕は毎朝、坂を上って登校する。

知らない人がこう聞くと、それだけで何やら爽《さわ》やかな、下手をするとロマンティックなイメージを抱くらしい。大抵は「いいなあ」という反応が返ってくる。間違いである。

「丘の上の高校」なんて、現実には水害に強いとか通学により大腿筋《だいたいきん》が発達するとかいう以外にあまりメリットはなく、むしろ生活上はデメリットの方がたくさんあるのだ。たとえば朝だ。一分一秒を争う登校トライアルにおいてゴール直前が上り坂になっているというのははなはだ過酷なことであり、夏場はそれだけで汗だく、冬場にしてもストーブの熱気ゆらめく教室に完全装備で駆けこむことになるからどちらにしろ汗だくになる。そして放課後。校舎から正門を通って帰ろうとすると勾配約十二度の通称「市立坂《いちりつざか》」を通ることになるが、ここではしばしばバスケット部が汗だくでフットワークなどやっている。グラウンドを通って裏門から帰ろうとするならば段数約百段の通称「地獄の階段」を通ることになるが、ここでもしばしば野球部が汗だくでダッシュなどやっている。つまり「丘の上の高校」＝「汗だく」とイメージしていただければ、爽やかだと決めつけるよりなんぼか正解に近いのである。

そして、僕の通う某市立高校には、「芸術棟」なる建物がある。美術部員の僕は、この建物にあるアトリエで部活動をやっている。

これも知らない人が聞くと、何やら優雅なイメージを抱くようだ。やはり間違いである。どう間違いかといえば、これはもう実物を見ていただければ一目瞭然。建物自体に芸術性は皆無だ。デザイナーが設計したわけではなく玄関にオブジェが置いてあるわけでもない。建物の外観は真四角で灰色、装飾は一切なくかといってバウハウス調の機能美も見出せない。何に似ているかと問われればそのまま築三十五年の公団住宅二十五号棟に似ていますと答えるしかない。それに加えてこの建物は、創立七十周年の我が母校においても、汚さと陰気さについては他の追随を許さない。建物自体のボロさに加えて立地条件もまたかなりのものであり、プール別館武道場と続いた無計画な建て増しのしわ寄せでもって芸術棟は南側の本館西側の別館第二別館東側の体育館に包囲される恰好になり、一日中どれかの建物の陰になってしまっている。もっとも授業に使わず誰が管理者なのかもよく分からないという用途不明の建物であり、文化系クラブの連中が適当に部屋割りをして占領し、それが既成事実化しているだけの建物だからそれで充分だともいえる。つまり、余った建物に文化系クラブを詰めこんで「芸術棟」であるということにしてしまっただけの話なのである。

まあ、現実はえてしてこんなものである。だが人にはあまり言わない。この建物の雰囲気を言葉で説明するのはちょっと困難で、実際に足を運んでいただかない限りきちんと伝わらないというのもあるし、伝わらないなら、わざわざイメージを崩すこともないからである。

午後三時過ぎ。六時間目が終わり掃除が済んで一日のうちの拘束《こうそく》された半分が終わり、自由で気楽な放課後が始まる。時計の針から解放されるこの時間はやはりすがすがしく幸福である。美術部は基本的に部員を拘束しない。部活にいつ顔を出すかは自由だから、教室で友達としゃべくっていたり、時にはそのまま連れだって遊びに行ったりして顔を出さずに帰宅することも週に一度くらいはあるが、べつに誰からも咎《とが》められない。それでも僕はほぼ毎日、午後四時には芸術棟にいた。目下、雑談や街にくり出しての遊びより制作の方が面白いのである。

帰宅部の友人に挨拶して教室を出る。あいつらは放課後どこで何をして時間を潰しているのか暇ではないのかと思っていた時期もあったが、小菅《こすげ》竹中山田はアルバイトに忙しく佐和野はアマチュアオーケストラでヴァイオリンを弾いているらしいということで、決して暇ではないと秋ごろにようやく理解して安心した。なぜ僕が安心するのかはいまだによく分からないが、なんだか不遜《ふそん》な気もするのでこれはやや後ろめたい。

芸術棟は第二別館と繋《つな》がっているから本館↱別館↱第二別館と渡り廊下を順繰りに歩けば屋外に出ることなく辿り着くことができる。しかし渡り廊下は午後五時に鍵がかけられ通行不能になってしまうため、上履きのまま芸術棟まで行った場合、五時前に靴を取りに戻らないと、別館本館をぐるりと迂回して職員玄関に回らなければならなくなる。職員玄関は五時以降も開いているが、入学したばかりの頃はそのことを知らず「しまった締め出された」と早合点し、まあいいや上履きだって靴の一種だと考えて一度だけ上履きのまま帰宅したことがあった。この時は母親に仰天された上に靴は誰に盗《と》られた苛《いじ》められているのかとしつこく尋ねられたし、妹にもお兄ちゃんどうしたのという目で見られた。今思うとなんと馬鹿なことをしていたのかと思う。まるで子供である。そういうこともあったから芸術棟へは外履きに履き替え、中庭を通って移動することにしている。

運動部の皆さんが爽やかにかつ暑苦しく闊歩《かっぽ》するグラウンドの青春に背を向けて芸術棟の玄関に向かう。車の音。カラスの鳴き声。野球部のバッチコーイ（あれは何と言っているのだろう）。傾きかけた午後の日差しの下、それらの効果音はのどかに混ざり合って終わらない日常の背景を形作っている。むろんそう感じるのは傍《はた》から見ている僕だけで、当事者は皆、日々一瞬一瞬の雑事と闘うのに一所懸命なのだろう。ぼけっとしてそんなことを考えている自分を随分爺臭いと思うこともあるが、この性格は物心ついた時からのものでなかなか変わらないのだ。

グラウンドに背を向けたあたりで大抵チャイムが鳴る。三時半のチャイムだと思うのだが何の時刻を告げているつもりなのかいまだに分からない。

グラウンドののどかな喧騒《けんそう》から少し遠ざかった日陰に芸術棟の四階建てが現れる。芸術棟の壁面はテレビで見た崩壊直前のベルリンの壁に似ている。詳細は不明だがとうの昔に耐用年数を過ぎているという噂もあり、外壁をよく見ると亀裂が走っている。暴走族により落書きもほどこされているがこれは「ＳＥＸ」「ＦＵＣＫ」「ぶっ殺」「φ」「Ω」といった観る者に芸術的感動を毛程も与えないものばかりだから、なるほどキース・ヘリングやジャン＝ミシェル・バスキアといった人たちは凄いのだなとあべこべに感心させられる。芸術棟の鍵は特定の教師が管理し常時持ち歩いていることになっているから侵入は困難だろう。暴走族は敷地内に出入りはするが、壁に落書きをするのみで窓ガラスを割って侵入するほど凶暴ではなく、近隣住民に心配されながらも今のところ問題は起きていない。

壁面は大部分が灰色のコンクリートであり窓は小さめにしかとられていない。人の生活する建物であれば少なくとも側壁の一面ぐらいはガラス張りになっているのが普通でそちらがいわば建物の表側になるのだが、この建物はどちらも裏側である。曇り空などをバックにすると湿り気を帯びた閉塞感を感じさせ「悪の研究所」といった趣《おもむき》だ。実際、この建物には秘密の地下室がありそこでは生物科の田村《たむら》教諭の手で人体実験が行われていて、体育科の梨本《なしもと》教諭はそこで造られた人造人間であるという噂が流れている。冷蔵庫の体型をしていていつもぴちぴちのTシャツ一枚。授業以外ではほとんど喋《しゃべ》らず表情もないという梨本教諭は確かに人間より金属製品に近いが、まあそれはどうでもいいことである。

一階の部屋だけなぜか窓が広めにとられていてやや開放的だが、覗きこんだりすると中で練習している吹奏楽部の女子と目が合い、まことに気まずい思いをする羽目になるから僕はいつも目線をそらして素早く通り抜ける。この「不意に目が合う気まずさ」の正体は何なのかと半日考えたことがあったが分からずじまいであった。窓にはちゃんとカーテンもついていて時おり閉まっていることがあるが、これは中で女子が着替えているときだ。一度知らずに覗いてしまって仰天し、芸術棟が見えない位置まで全速力で逃走したことがあった。吹奏楽部の癖に練習前になんで着替える必要があるんだ見ちまったじゃねえかとその時はなぜか猛烈に腹が立ったが、むろん腹を立てるべきは覗かれた方である。この経験は誰にも言えない。覗けると知ったら喜ぶであろう友人もいるのだが。

埃《ほこり》っぽい玄関をくぐると、慣れ親しんだ吹奏楽部の喧騒と独特のなまあたたかく湿っぽい空気が僕の皮膚に吸着される。構造的に風が通らないようで湿気がやたらとある。靴を脱いで下駄箱の上に置いてあるスリッパを取る。人の多い日はスリッパが足りなくなるのだが靴下はだしで歩くと足裏が灰色になるから、自分用を一足だけ人から見えないこの位置に隠しておく。

一階の部屋はすべて吹奏楽部のテリトリーであり、彼女らは何に気兼ねすることもなく扉を開け放し廊下にたむろし、喋って騒いで楽器を吹いている。不必要に反響のいい廊下に響く金管楽器の音は重く鋭く姦《かしま》しく、芸術棟一階は年中道路工事をしているような按配《あんばい》である。たまに全員が講堂に集められ静かになっていることがあるが、これはリハーサルのときか顧問の古堅《ふるげん》和政《かずまさ》が説教をしているときだ。芸術棟一階が静かになることは滅多にない。吹奏楽部員はこんな中でよく自分の音を聴き分けて練習ができるものだと不思議に思っていたが、友人に訊いたところではべつに練習に支障がでるということもないらしい。音楽をやっている奴の聴覚は生理学的に何か特別なんだろうかと首を傾《かし》げていたのだが、物識《ものし》りの先輩が心理学にいうカクテルパーティー効果の話をしてくれて納得した。

二階に上がる。踊り場のところでコントラバスを抱えた友人とすれ違い「おうす」と適当な挨拶を交わす。階段はあまり広くないのでコントラバスなど持って上り下りするのは大変だ。手伝った方がいいかと振り返ったところで「がつ」という音がして「やべ」という声が続いた。どこかにぶつけたようだ。

二階の喧騒は一階よりもっと雑然としたそれである。廊下で吹奏楽部がクラリネットを吹いていたりするが、それ以外に北側の大部屋からダンス・ミュージックと「だ・だっ・だだんどん」というステップ音。その隣室からエレキギターのぎゃぎゃんぎゃん。文化系クラブの根城だという予備知識がなければ精神がドグラ・マグラしかねない音声のアッサンブラージュであり、同じ二階の片隅で静かに活動している書道部手芸部は心の静謐《せいひつ》を乱されてさぞ大変だろうと想像できる。先刻は工事現場に喩《たと》えたがこの喧騒はもっと違うたとえば縁日の大通り、動物園のサル山。うまい喩えは見つからない。芸術棟の喧騒はやはり芸術棟の喧騒そのものである。

もともと狭い廊下にはガラクタがガラクタガラクタと立てかけてあり、通る人間はみな窮屈そうに身をよじらせる。だがこれらガラクタを片付けようとする者はいない。あながち横着のみによるものではなく、どのガラクタがどこの部の所有物なのかお互い知らないため、下手に動かすと揉め事になりかねないのである。廊下を占領するこれらのガラクタが窓から差しこむわずかばかりの陽光を吸収し、芸術棟は全体的に昼間でも薄暗い。加えて半分近くの部屋は物置扱いでありそのうちの半分はガラクタ集積所であり、そのうちの数部屋は開かずの間なのである。そうした事情が陰気さに拍車をかけている。

この建物がなぜこのようになってしまったのかは明らかでない。どうも「何かに使うだろう」というい加減な見通しにもとづいてなんとなく建設されたらしく、それはそれで市立であるこの学校の予算の潤沢《じゅんたく》ぶりをうかがわせるのだが結局は何にも使われず、市立であるこの学校の運営の杜撰《ずさん》さを圧倒的な存在感で実感させるだけの建物になってしまった。もともとがそういう出自の建物であるから教職員及び生徒にも「空いた建物」としか認識されておらず、誰がどこをどう使おうととりたてて事務に叱られることもない。それ以前に職員は特定の者を除いてほとんどここには来ない。この建物のこうした雰囲気は年月を経て定着し、化学変化で「いい加減な空気」を合成して今や芸術棟全体に埃と一緒に充満しているのであった。

三階四階になると小さな部屋が多くなる。階段を境にして南側に進むと鉄道カンフー英会話といったややマニアックな同好会がひしめきあう「奥地」と呼ばれる場所になる。奥地だけあって当の会員たち以外の出入りはほとんどない。三階に生息する僕にしたって踏みこんだことは数えるほどしかない。得体の知れない臭いがすることもあり、なんとなく不気味で入りがたいのだ。

僕の本拠地は三階北側のアトリエである。別館には美術室がちゃんとあるが、そちらは授業用に机が並んでいるためスペースがない。百目鬼《どめき》という恐ろしい名前をした美術部の顧問が数年前、部員の不便を考えてというよりは自分専用のアトリエ欲しさのためにこの部屋を占領してガラクタをどかし、スペースを確保してくれたらしい。しかし当時の部員はとっくに卒業してしまい今や美術部は総勢五名。継続的にアトリエに現れるのは僕だけなので、百目鬼先生と僕の二人でいささか贅沢にスペースを使っている。

現在百目鬼先生の制作はひと段落したところらしくアトリエは僕一人である。9×9メートルの大部屋中央にカンヴァスをことんと据えて咳をしても一人。一見するといかにも寂しげであるが、実際はそうでもない。写真部の鈴木先輩が作品を見せにくるし演劇部の三野《みの》が遊びにくるしカンフー同好会の谷萩《やはぎ》が宙返りの練習にくることもある。制作中のカンヴァスの向こうで男が宙返りしているという構図はなかなかシュルレアリスティックで面白い。文芸部長の伊神《いがみ》さんが来ることもある。この人は物識りで話していると面白いのだが、帰り際に必ず僕を文芸部に勧誘するのが厄介である。演劇部長の柳瀬《やなせ》さんも来る。この人は勧誘だけして帰る。

一階二階ほどのやかましさはないが静けさもあまりない。演劇部は三階にいるから彼方からあえいうえおあおという奇声、台詞《せりふ》なのであろうはーっはっはっはとうとう捕まえたぞキャンディーという笑い声も聞こえてくる。(1)練習の場所がなく上へ上へと追いやられた吹奏楽部員が廊下でトロンボーンを吹き、アトリエをファンファーレが貫通したりする。最初は随分悩まされた騒音も今では平気になり、集中力がついたと百目鬼先生に褒められた。

……ちょっと熱くなりすぎたかもしれない。

とにかく、僕の高校生活を半分飲みこむ芸術棟はかくのごとくやかましく、奇妙で暗く、しかしそれでも、少なくとも平和な建物ではあった。だものだから、まさか、この建物が学校史上前代未聞のおかしな事件の舞台となり、結果としてマスコミがなだれこんできて全国ネット

(1) 鴻上尚史作『スナフキンの手紙』より。

されてしまうようなことになるとは、当時は夢にも思っていなかったわけである。

アトリエのドアがノックされたようだ。僕がまだタイトルをつけていない虎の絵の制作を中断して振り向くと、ドア上部にはめこまれたガラス越しに、秋野麻衣《あきのまい》の顔がのぞいていた。僕は振り返って手を振った。作業の邪魔になるのを気にしてか、急ぎの用であっても秋野は黙って入ってこない。

秋野はちらりと手を振りかえしてから、音をたててはまずいと思っているのかゆっくりとドアを開けて入ってきた。僕が立ち上がると人目を忍ぶようにささっと駆けてきて、僕を上目遣いで見て口を開いた。彼女のこうした仕草は広いところを怖がっているようでもあり兎やハムスターといった小型動物を思わせる。

「葉山《はやま》くん、あのう」

すぐにぴんと来た。何か頼み事があるときの態度だ。むこうから切りだすのを待っていても十数秒間はもじもじするに決まっているので先に言ってやった。「高島《たかしま》先輩のお使いだろ。勧誘は断るけど、それ以外なら」

吹奏楽部に頼み事をされるのは初めてではない。ポスターのデザインや大道具の製作を手伝ってくれと言われたりリハーサルを観てくれと言われたり。しまいにはチューバを吹いてみないか司会進行をやってみないかと言われたがさすがにこれは断った。吹奏楽部は演奏以外のことについては疎《うと》いらしく、僕だけでなく文芸部とか演劇部の手も日常的に借りているようだ。

制作が中断されるから便利屋扱いだったら御免こうむるのだが、ポスターデザインなどは「仕事」の依頼と考えてよく、プロ気分でちょっと楽しいから断れない。懇意《こんい》の秋野を通じてくるからさらに断りにくく、また吹奏楽部現部長の高島先輩が真面目な人で、下手に断ると直々に謝りに来てまともに頭を下げたりするから、かえって恐縮してしまいますます断りにくいのである。

「吹奏楽部のお願いじゃないんだけど、鍵を貸してほしいの」

「鍵？　芸術棟《ここ》の？」

秋野が頷く。暴走族よけのため芸術棟の戸締りは厳重にするものとされており、玄関の鍵は原則として教師が管理することになっているが、生徒が全員帰るまで待っていては帰宅がいつになるか分からないというので、一部の教師は特定の生徒にこっそり鍵を渡して戸締りを委任するということをやっている。美術部の百目鬼先生はそうしたいい加減教師の筆頭であり、最近は僕に鍵を預けっ放しである。朝は警備の人が開けてくれるのか、たまに朝一番で訪れても大抵すでに開いている。

「そりゃいいけど、僕もだいぶ遅くまで残るよ。戸締りなら」

「私、今日の夜、残らなきゃいけないの。部長と」

「なんで？」

秋野は少しためらって視線を外し、言った。

「……幽霊が出るから」

僕は最初、何の話なのかよく分からず呆気にとられていた。

「あの、今、幽霊が出るっていう噂があるの」

「芸術棟に？」

秋野は真剣な顔で頷く。僕は思わずあたりを見回した。いいかげん住み慣れたアトリエだが、なるほど幽霊が好んで棲《す》みつきそうな陰鬱さではある。

秋野は話し始めた。

——芸術棟の壁にはその昔、殺されて首を切られ、壁に塗り込められた男子生徒が今もそのままになっている。この生徒は自分を殺した人間を探すため、暗くなると壁から這い出てきて廊下を歩き回る。しかし首がなくて目が見えないので人の区別がつかず、人間を見つけると手当たり次第に襲う。飛びかかってしがみつき、壁の中に引きずって帰ろうとする。彼は足がおそろしく速いから逃げようとしても無駄で、走って逃げても物凄い速さで追ってきて捕まってしまう。ただ学校指定の靴を履いているため、歩く時にはこつこつと足音がする。したがって、耳を澄ましていれば彼に出会う前にその存在を察知し、逃げることができるという。

「……捕まった人はその後、どうなるの」

「殺されるの」

「そりゃそうか」

「『壁男』は捕まえた人を壁の中に引きずって帰ろうとするの。だけど捕まった人は壁の中に入れないから、壁に押しつけられるの。そうすると、壁男は引っ張る力をどんどん強くして……」

「で？」

「捕まった人は、凄い力で壁に押しつけられて……」

「うん」

「潰れるの」

「うっ」

例によって結末は残酷であった。学校の怪談に多いこうしたスプラッター趣味はどこからくるのだろう。

「芸術棟にそんなのが出るの？」

「まだあるの」秋野はなぜか申し訳なさそうに続ける。「葉山くん、立花《たちばな》さんって知ってる？」

聞いたような気もするが思い出せない。「三年生の？」

「フルートの、すごく綺麗な」

「いたかなあ」

「行方不明の人」

「行方不明？」いきなり凄いデータが出てきた。

秋野が頷く。「六月くらいから行方不明なの」

「……どういう事情で？」

「分からないの。でも」秋野の表情が翳《かげ》る。

「立花先輩、壁男に殺されたっていう噂なの。それで、立花さんも幽霊になって出る、って」

「はあ」

壁男にフルートを吹く幽霊。芸術棟は魑魅魍魎《ちみもうりょう》の巣窟だったらしい。

「夜になると出てきて、練習してる音が聞こえてくる、っていう噂なの。『シランクス』が聞こえてくる、って……」

「ずいぶんかっこいいの吹くな」

「立花さん、うまかったから」

「……」

なんだか妙な噂だ。僕は違和感を覚えた。しかし違和感の正体が何なのか、すぐにぴんと来るわけではなかった。

「それで、残る、っていうのはどうして」

幽霊をふん捕まえてスクープにしてやろうというわけではないだろう。秋野はそう物見高い人間ではない。

「……平気な人もいるの。でも、怖い、っていう人もいて、廊下が使えなくて」

そもそも廊下を使うのがどうなのか、とも思うが口には出さない。なるほど、ここのところ、日が暮れてから廊下や階段をうろつく吹奏楽部員を見ない。古堅先生に言われてやめたのかと思っていたが、そういうわけでもないらしい。

「場所がないし、揃わないし、練習が進まないの。部長が困ってて。送別演奏会もあるのに」

吹奏楽部は毎年、卒業式の前に三年生を送るための演奏会をやる。そこでの出来が悪いと卒業生は露骨に落ち込み、部の行く末をあとあとまで心配するらしい。本当は幽霊だ何だと言っていないで練習しなくてはならないのだが、幽霊話に怯《おび》える部員に対し、廊下に出ろとも言えないわけだ。確かに、部長の高島先輩としては困った状況である。

「部長は、幽霊なんて出ない、って言うんだけど……」

幽霊が出るという科学的根拠はない。でも出ないという科学的根拠もない。他人がいくら出るわけがないと言っても怖いものは怖いだろう。嫌いな食べ物を「なんで食べないのおいしいのに」と言われるのと同じで、イヤなものはイヤなのである。

「でも、みんな怖がるから……。部長、今夜、残るって言うの。幽霊なんか出ないって証明する、って言って」

「偉いなあ」

責任感の強い高島先輩らしい。「先輩、怖くないのかな」

続けて秋野が言った。「私も一緒に残る、って言ったの」

「……大丈夫か？」秋野は結構怖がりではなかったか。

「でも、部長一人じゃ意味がないし」

確かにそうだ。幽霊は出ませんと言っていた人が一人で残って「幽霊は出ませんでした」と言っても誰も信じてくれない。ちゃんと夜中まで居残っていたと証明する人間が必要だ。

「……でも、秋野と二人だけなのか？　それだとあんまり」

一緒に残る、と自分から言いだした人間の言葉ではやはり、今ひとつ信憑性《しんぴょうせい》がなくなってしまう。

秋野は再び、僕を上目遣いで見る。「……それで、あの、……」

僕はのけぞった。「……僕も残るのか。つまり」

頼み事の本筋はこちらだったらしい。秋野が遠慮がちにしている理由がようやく分かった。

「私たちだけでもいいんだけど、でも」

第三者の立会いがないと信憑性に欠けてしまうということらしい。まあ、これももっともな話である。

「いや、それは……いいんだけど。でも」僕は腕を組んで視線を外した。「……秋野、彼氏とかどうなの。東《あずま》さんに頼めば……」

秋野の彼氏は吹奏楽部の二年生で、東雅彦《まさひこ》という。ただでさえ男が少ない吹奏楽部であり、しかもこの東さんがなかなかの好男子であるとあって（しかも家が金持ちのようだ）、吹奏楽部では彼の入学以来二年間、彼を獲《と》りあった冷戦や地域紛争が続発していたらしい。世界大戦に発展していないのは高島先輩の外交努力のたまものだとか。東さん本人にしてもこれまでは調子に乗って先輩後輩同級生に次々手を出していたが、高島先輩に釘を刺されたらしく秋野と仲良くなった時点で打ち止めにし、以後、新たなごたごたはなくなった様子である。もっともこの東さんは、自分でも秋野が何人目の彼女なのかもよく覚えていないようで、歴代の彼女にしても本当に大事にしていたのか疑わしいからいささか心配である。そういう経緯があるからつい考えてしまう。こういうときにこそまず彼氏を使うべきではないのか。

しかし秋野は首を振った。「何かあったら困るから、やめておけ、って言ってくれたけど」

でも自分が残るつもりはないらしい。なんだかなあ、と舌の上だけで呟きながらも、僕は仕方なく言った。「分かった。僕も残るよ」

「ありがとう」秋野がなんとなく寂しげに微笑む。彼女には悪いが、こういう不幸な表情が似合う人というのが確かにいるようだ。

秋野は講堂を覗いて高島先輩を呼んだ。高島先輩はトランペットを持ったまま小走りに出てきた。「葉山くんありがとう。いつもごめんね」

「いえ、そんな」なんとなく照れてしまう。

高島先輩はいつも、はきはきと男性的に喋る。よく気がきくし、てきぱきと人を使う。満場一致で部長に任命されたのも頷けるしっかり者であり、まあ一言で言えば「吹奏楽部のがんばりママ」といったところだ。背は秋野よりさらに小さいが、いつも背筋をぴんと伸ばしているため実寸より大きく見える。教職員やコンサートホールのスタッフにも受けがよく裏方にも詳しいから、市民ホールのお兄さん方にも顔を覚えられていて訪ねるたびに「ウチで働かないか」と誘われているのを僕は知っている。毎回断るのに苦労しているのも知っている。

「立花先輩の幽霊なんて出るわけない、って言ってるんだけど、みんな怖がっちゃって」

高島先輩はいかにも申し訳なさそうに肩を落とした。秋野が耳打ちすると、先輩は目を見開いて僕を見た。「葉山くんも残ってくれるの？」

「一応、そういう話に」

「そんな、わざわざ」高島先輩は慌てて言いかけてはたと動きを止め、二、三秒してからまた慌ててかぶりを振った。「いや、やっぱり悪いよ」

分かりやすい人だ。こんな様子を見せられると、やはり何かしら手助けをしたくなる。

「いや、面白そうだからいいですよ」僕は続けて言った。「部長って大変ですね。部員のためにこんなことまで」

僕が言うと、高島先輩はまたしばらく悩んでから、にこっと笑った。「ありがとう。……じゃ、お願いしちゃおうかな」

「……で、なんでお前が来るの」

僕は傍《かたわ》らの男に言った。なぜか浮かれた顔をして僕の隣を歩くのは、演劇部のミノこと三野小次郎である。先刻の僕たちの話をどこで盗み聞いていたのかいきなりアトリエに来て「俺も行くからよろしく」と言って去っていった。こいつとは中学の頃からのつきあいだが、不思議と他人の内緒話に出くわす奴だった（そのたびに僕に話す。これはどうかと思う）。わざと聞いているわけではないらしいが、何か見つけるとすぐちょこちょこと寄って行く好奇心の持ち主であり、内緒話を聞いてしまうのは明らかにそのせいである。昔は苛められっ子だったというが、これはどちらかというと苛めっ子の性質に思える。

「馬鹿やろ、こんなおいしい役目をお前一人にやらせるかよ。もったいねえ」

ミノの鼻息は荒い。

「おいしい、って、べつに」

「お前ね」ミノが僕を見る。「真夜中の校舎だぞ。女の子と密着して過ごすんだぞ」

「密着はしないだろ」

「いや、俺はする。あくまで自然に」

それでは痴漢だ。ミノは一人で喋り始めた。「ふふ。静まり返った校舎。響く足音。不気味な空気に、麻衣ちゃんは思わず震える。『怖いわ』」身振り手振りが入ってきた。「震える麻衣ちゃんの手を、俺が優しく握る。『大丈夫。僕がついてるよ』」ふしゅう、と鼻息を吹き出した。「麻衣ちゃんは感動する。『ああ、三野君って頼りになるのね』俺は優しく肩に手を回し、耳元に囁《ささや》く『今夜の君は特に綺麗だよ。この百万ドルの夜景も、今夜は君を引きたてる脇役さ』『ああ、三野君ってなんて素敵なの。なんだか私、変な気分に』」

「こらっ」

「自然だろ?」

「不自然だよ」

「邪魔するなよ」

「しないけど」しても無駄だ。「でも秋野、彼氏がいるだろ。そんなにうまくいかないよ」

しかしミノは動じなかった。「いや、だからこそチャンスだ」

「なんで?」

「東雅彦は怖がって来なかったんだろ？　麻衣ちゃんは今、奴の頼りなさにがっかりしているはずなのだ。『あーあ。東さんって頼りにならないのね』」

「秋野はそんなこと考えないだろ」

「そこに俺が颯爽《さっそう》と登場するわけだろ。断然、俺の漢《おとこ》勝ち一本だね。というわけで」ミノが僕の肩をつかむ。「俺、適当なところでしけこむからよろしく。お前は思う存分、高島先輩と」

「おい」

「いや、俺はしけこむ」ミノは拳を握った。「しけこんでやる」

本当にそれだけが目的らしい。迷いのない、いい表情をしていた。

「お前、幽霊とか信じてないね」

「いや信じてるぞ」ミノは真面目な顔になって、校舎に向かって拝《おが》む。「信じてるから、どうか今夜の俺に嬉しいアクシデントを」信じていないようだ。

おおす、と声をあげてミノが手を振った。閉じられた裏門の脇に人影がある。先に来ていた秋野と高島先輩であった。二人とも私服に着替えている。

「あれ、三野くん？」

「俺も行く、って言うから、連れてきました」

ミノが身を乗りだす。「任せてください。葉山よりゃ頼りになりますよ」

「まあ、多い方がいいか」高島先輩は大きな紙袋を持っていた。持ち上げて中を覗く。「でも数、足りなくなっちゃうなあ」

「なんですか？　それ」

僕が訊くと、先輩は紙袋を開いて見せてくれた。ハイキングに持って行くようなバスケットが重ねてあり、何やら賑《にぎ》やかな具材のサンドイッチがのぞいている。「お弁当作ってきたの。途中で絶対、お腹空くと思うから」

……いつも、良すぎるほど用意がいい先輩である。

高島先輩は「じゃ、行きましょうか」と言って紙袋を持ったまま、高さ一・八メートルの門《もん》扉《ぴ》をワンステップで躍り越えた。僕とミノは思わず顔を見合わせた。「見たかよ今の」

一人さっさと進んでいる高島先輩が振り返る。「どうしたの？」

「いえ、今行きます」

僕とミノは慌てて門扉によじ登った。高島先輩のように鮮やかに越えるわけにはいかず、がたぎちぎちと騒音をまき散らしながらなので、人が来ないかとやや心配になった。僕が着地すると、高島先輩は戻ってきてひょいと門扉に飛びつき、乗り越えられずにじたばたしている秋野を助けあげた。

「なんか、俺たち要らなそうだな」

ミノが拍子抜けした様子で溜め息をついた。

夜の学校は神秘的に静まり返っていた。グラウンドは県道に面しているが交通量はあまりなく、まわりの住宅からも物音はしてこない。自分の足音がひどく大きく聞こえた。誰もいないグラウンドはどこまでも広大で、荒野に立っているような錯覚を覚える。左右をはるか見渡すと、黒々とシルエットになった木々がざわざわと連なる。頭上からは見慣れたはずの校舎がのしかかってくる。なにか、とてつもなく巨大な獣がうずくまっているように見えた。バックに青紫の星空。これは結構絵になりそうだ。現在、午後八時四十五分。こんな時間に夜の学校に忍び込むのは初めてである。

グラウンドを冷たい風が吹きぬけた。僕は首をすぼめて高島先輩を追う。先輩は真っ暗な校舎に向かって、「地獄の階段」の急傾斜をものともせずにずんずん上る。怖がっている様子はまったくなかった。

「……高島先輩、お化け系統は平気なんですね」

「本当は結構苦手なんだけどね」高島先輩はちょっと肩をすくめた。「でも立花先輩の幽霊なんて、出るわけないし」

断定的な言い方が少し気になった。先輩の態度は確かに、幽霊は出ないと確信している人のものだ。

「幽霊とか、信じないほうですか」

「うーん、幽霊はいるのかもしれないけど。でも、ね」

「でも、立花さんは出ない……?」

「出るわけないよ。……みんな、怖がってるけどね」

高島先輩はちらりと苦笑したような表情になった。

「……あのう、立花さんって、六月にいきなり行方不明になったんですよね」

「……亡くなったって聞きましたけど……。……あの、事情がよく分からないんです。いきなり行方不明になったのは確かみたいなんですけど。……亡くなったんですよね？」

高島先輩は僕を横目で見てから、視線を落としてしばらく黙っていた。

そのまま階段を上る。八十段も上るとさすがに息が切れ、自分の呼吸音が耳につくようになってきた。

「ごめん。そこについては一応、訊かないでおいてくれないかな」

「……はあ。いえ、分かりました」

高島先輩が申し訳なさそうに言うので、それ以上は訊けなかった。何か事情があるらしいが、あるいは吹奏楽部内のゴタゴタなのかもしれない。僕があまりしつこく訊くべきものではないようだ。

本館を回り込んで芸術棟に向かう。月も出ているはずだったが、芸術棟は他の建物の影にすっぽり覆われていささか陰気なたたずまいをみせていた。二十四時間陰気な建物のようだ。

「あれ」

高島先輩が立ち止まった。見ると、芸術棟の裏側にほのかに明かりが見える。回り込んでみると、二階のどこかの部屋に明かりがともっているらしく、窓から黄色い光が漏れていた。

「おい、電気点いてるじゃねえか」

肩越しにミノが言う。「……いや、電気っつうか……」

何かが聞こえる。秋野が小さく言った。

「……フルートの、音が……」

耳を澄ます。確かにフルートの音だ。

「秋野、この曲は」

秋野の声はすでに震えていた。「……『シランクス』……」

高島先輩が大股で歩きだした。途中から駆け足になる。僕は慌てて後を追う。曲が止んだ。

高島先輩は直立不動のまま、二階の窓を見上げていた。その視線の先を追う。

二階の窓に明かりがともっていた。カーテンが閉じられている。そこに人影があった。……長い髪だ。女性のようだ。見下ろされている？　一瞬そう感じた。

その時、人影がふっと消えた。僕はそのままぼんやりと眺めていた。少しの間そのままで、それからようやく、しかし唐突に、ことの異常さに気付いて慄然《りつぜん》とした。

……消え失せた。いきなり！

数秒の沈黙。数十秒だっただろうか？　秋野が悲鳴をあげた。つづいてミノが、おわあっ、と大声をあげた。窓の明かりが消える。僕も叫びそうになった。今のは何だ？

「嘘」

思いがけなく高島先輩の強い声が聞こえた。先輩は二階の窓に視線を据えたまま動かない。

それからもう一度言った。

「嘘。……誰が、こんなこと」

いきなり高島先輩が走りだした。「先輩っ」僕は後を追う。高島先輩は玄関の扉にとりつき、がたがた揺すっていた。「……鍵がかかってる……？」

「先輩」

「葉山くん、鍵は持ってる？」

「はい」僕が鍵を出すと、高島先輩はひったくるように奪って扉に差し込んだ。芸術棟の鍵は古くなっているので、素直には開いてくれない。開け閉めにはこつがいるのである。案の定、鍵はすんなり回らず、高島先輩を無愛想に拒絶する。代わろうと思ったところで先輩が手刀を入れた。「えいっ」開いた。

「葉山」ミノが駆けてきた。

「見に行く。お前も来る？」

「いや、おっかねえ」素直な奴だ。

「じゃ、秋野のとこに」

「おう」

ミノが駆け戻る。図らずも秋野と二人きりになったわけだ。僕は高島先輩に続いて玄関に踏みこんだ。

先輩は途中きちんとスリッパに履き替えながらも早足で廊下を進む。ぱたあん、ぱたあんと、スリッパの足音が高くこだまする。足元は暗い。僕が何か木でできたものにつまずいて声をあげると、高島先輩は戻ってきて紙袋から懐中電灯を出してくれた。

光の輪が廊下をなめる。閉じられた講堂の扉。トイレの男女マーク。ひび割れの入った消火栓のランプ。動くものはない。

「二階だったよね」

高島先輩の声が反響する。

「はい」

「南側から二番目の部屋」

「そうです」間違いないはずだ。

「行こう」高島先輩が僕の腕を取る。僕も実はちょっと震え気味なのだが、まさか怖いからここにいますとは言えない。先に行ってくださいとも言えない。先輩から懐中電灯を借りて、先にたって上る。階段は暗かったが真っ暗闇というほどではなく、懐中電灯で照らしている限り転ぶということはなかった。電灯を点ければいいのにと途中で思ったがなぜか言いだせない。明るくすると幽霊が逃げてしまう、というよく分からない遠慮があった。

二階。変なものが見えませんようにと頭の隅っこで祈りながら、廊下の突き当たりに光の輪を走らせる。光の輪の周囲にシルエットになって、ガラクタがごちゃごちゃと浮かび上がる。その輪郭が化け物に見えたり、隙間の闇に化け物がひそんで見えたりした。廊下のガラクタ、暗い中で見るとこんなに不気味だったとは知らなかった。まるでグリューネヴァルトの怪物絵図だ。

高島先輩と一緒にそろそろと進む。立てかけてあるひな壇らしきものにつま先をぶつけた。

声をあげそうになるのを必死でこらえる。先輩の方は落ち着いているのだから、僕がぎゃあぎゃあ言っては恥ずかしい。

南側から二番目の部屋。細長い部屋だ。引き戸は鍵がかけられているらしく、動かなかった。

「鍵が……」

「ここ、何の部屋？」

「邦楽部です」

各部室の鍵はそれぞれの部長が保管しているはずである。戸を揺すってみる。やはり鍵がかかっているようだ。だとすると。……戸の上部には五十センチ四方のガラスがはめこまれている。覗き込んだが、暗くて何も見えない。懐中電灯で部屋の中を照らしてみる。やはり狭い部屋だ。もともとタイル張りの洋室だったのを無理やり和室にしてある。床には畳が敷かれていて、座布団が二枚出ていた。真ん中に小さなちゃぶ台が置かれていて、ノートらしきものがあった。壁際にはニスの剝《は》げた座椅子が一つ。正面にはカーテンの閉じられた窓。換気扇。部屋の隅には屑籠が置いてある。座布団が積まれている。それだけだった。殺風景な部屋だ。邦楽部はこの部屋で練習もするから、あまり物は置いていないのだろう。人影はない。隠れる場所もない。

……消えた？

腰から首筋の後ろまで、鳥肌が一気に駆け上がってきた。カーテンは動いていない。窓は閉まっているようだ。いや、仮に窓が開いていたとしても、外にはミノと秋野がいるはずなのだ。

「……何もいないの？」

「……はい。……でも、そんなはずは……」

高島先輩が背伸びをして、ガラス越しに部屋を覗き込んだ。戸の真下に何かいないかを確認しているらしい。さすがに冷静だった。しかし先輩は呟いた。「いない……」

顔を見合わせる。

「この部屋だったよね」

「間違いないです」

いたはずなのだ。確かに。フルートの音が聞こえて、人影があった。明かりが点いていて消えた。それが一分前だ。なのに、ここにいた人間はどこに消えた？

「嘘……」

高島先輩が信じられないといった様子で漏らす。「嘘。幽霊なんて出るわけないのに……」

でも消えた。鍵のかかった部屋から。

僕は廊下の左右を見渡した。やはりガラクタがあるだけだ。一体どうなっている？

「葉山くん、よく見せて」

高島先輩は僕から懐中電灯を受け取り、しばらく部屋の中を照らしていた。しかし、無言で僕に返した。「隠れる場所はないし、鍵はかかってるし……」

「まさか……」

言いだすまいと思っていたが、つい言ってしまった。「本当に……？」

「葉山くん、戻ろう」

高島先輩が僕の腕を引っ張った。「三野くんと麻衣に訊いてみよう。何か見てるかもしれないから」

もう一度部屋の中を見るが、何もいない。僕は黙って高島先輩の後を追った。

第二章　二日目の幽霊

「へえ、『閉鎖空間からの人間消失』か」僕の正面にパイプ椅子を据え、目を輝かせて身を乗りだすこの人が、物識りの文芸部長、伊神さんである。物識りゆえに好奇心を刺激されるのか好奇心旺盛ゆえに物識りになったのか、おそらくはその両方であろうと思えるこの人はまた、謎とか怪奇とかいった言葉にはなはだ弱い。「ミステリーだね」

「ミステリーです。いえ怪談かも」

「うん。……いやあ、粋なことする人がいるね」伊神さんは上機嫌で言った。

結局、昨夜起こったことが一体何なのかは分からずじまいだった。ミノも秋野も、窓からは誰も出てきたりしていない、と証言したし、外から見ても窓は確かに閉まっていた。つまりあの部屋、伊神さんが言う通り確かに閉鎖空間だったわけだ。僕はその後もう一度、高島先輩と一緒に中を調べてみようとしたのだが、秋野が蒼《あお》い顔で「やめた方がいいです」と繰り返すので断念した。もともと怖がりの秋野は完全に怯えきっていたし、ミノも最初の熱意はどこへやら、叩くと澄んだ音がしそうな硬あい表情になって黙ってしまった。ミノと別れ、秋野を送ってから、僕は高島先輩と二人、あれは何だったのか見落としたものはないかといろいろ検討してみたが、結局何の結論も出なかった。吹奏楽部の皆には黙っていた方がいいですねと言うと、真面目な高島先輩は、起こったことは起こったことだから、訊かれたらそのままを話すしかない、と言った。

しかし今朝、登校したらすでに噂になっていた。秋野は誰にも言っていないというから、ミノから広まったらしい。もっとも、なぜか怖がって外で待っていたのは僕で、ミノが自ら芸術棟に踏み込んだような話になっていた。あの野郎と思ったが、べつに訂正はしなかった。

というわけで目下、芸術棟に立花さんの幽霊が出るという話は学校中に広まってしまっている。高島先輩にとってはとんだ藪蛇《やぶへび》になってしまったわけである。

放課後、大学入試センター試験が終わったばかりだというのに、文芸部長の伊神さんがアトリエに遊びに来た。この人は三年生なのだが、文芸部は部員が彼だけなので部長役を返上することもできず、部室の入口に「部員急募」のポスターを貼ったままいまだに芸術棟に陣取っている。僕を勧誘するのはそうした事情もあるのだった。

……で、昨夜のことを話したのだが、伊神さんの反応は皆とは違った。はじめから誰かの悪戯《いた》《ずら》だと思っているらしい。

「粋なこと、って、やっぱり誰かの悪戯なんですか」

「あれ?」伊神さんは意外そうに目を見開いた。「葉山君もそう思っているんじゃないの?」

「いえ、それはまあ、そう思ってます。そうだといいんですが」実際のところ、半分は本当に幽霊だったのではないかと思っている。「一晩明けて、落ち着いて考えてみたけどやっぱり分からない、本当に幽霊なんじゃないか、って、ミノも言ってるんです」

「三野君がねえ」伊神さんは顎《あご》をなでる。「もうちょっとリアリストかと思ってたけどな。彼は」

幽霊出現まではリアリストだった。

「……その、何か、悪戯だっていう確信があるんですよね？」

「確信っていうわけじゃないけどね。本当に立花の幽霊だったとしたら、さて」伊神さんは楽しげに首を傾げてみせる。「どうして葉山君たちに見せつけるように出現して、消えてみせたのかな。どうして誰もいない夜にしか出ないんだろう。みんなには会いたくないのかな？」

「はあ」

伊神さんは冗談とも本気ともつかない表情で続ける。「不思議がいっぱいで非常に面白いぞ。フルートの音が聞こえたんだよね？　っていうことは、少なくとも楽器は、空気を振動させることができる程度の実体を持っていたということになる。じゃあ、部屋から消えたのはトンネル効果か何かかな。それとも葉山君たちの感覚に訴えただけで音は出してないとかそういう事情があるんだろうか。待てよ。部屋の明かりが点いて消えたっていうことは、立花の幽霊は電灯のスイッチには触れたのかな。あれ、そういえばカーテンに影が映ったんだよね。幽霊って大抵透けてるものだから影なんか映らないと思ったけどな。ううむ」

「はあ。……確かに」

「とまあ、こういう感じにいろいろ考えてみるとね、本当に幽霊が出たっていうより、誰かが悪戯したって考えた方がいろいろとしっくりくるでしょ。誰がどういう方法で、何のためにやったのかはまだ、分からないけどね」

伊神さんはゆったりと脚を組む。どうやら腰を据えた様子である。

「それに、噂の内容にもかなり怪しい点がある。葉山君、噂聞いたとき、何か変だと思わなかった？」

「そういえば、なんとなく」秋野から話を聞いたとき、違和感を覚えたのを思い出した。

「吹奏楽部内で『壁男』の噂が流れているのは、僕も話には聞いていた」

「あ、そうなんですか？」

「うん。だけど、立花の幽霊が出る、っていう部分は初耳だったな」

「あっ、……そうか」

違和感の正体がようやく分かった。あの噂、前半部分と後半部分で、別の二つの話がくっついているのである。もっと言えば、立花さんの幽霊が出るという部分だけとってつけたような感じになっているのだ。伊神さんはあっさりと結論を言った。

「壁男の話と立花の話は、たぶん出所が別だよ。立花の幽霊が出るっていう部分は、最近になって誰かがくっつけたんだろうね」

「……どうして、でしょう？」

「それはまだ分からないけど。……でも、もし誰かが意図してくっつけたのなら、いよいよ昨夜のことはトリック臭くなってくるでしょ？　噂に信憑性を与える演出だと思うな、これは。……さて、葉山君」

伊神さんは喜色満面で僕を見る。「ひかるちゃん（高島先輩のことだ）も困っていることだし、ひとつ、放課後探偵団をやってみない？」

伊神さんは面白がっているわりに自分が動くつもりはないらしい。トリックについて考えてみるから、と言って安楽椅子探偵《アームチエア・ディテクティヴ》を決めこみ、アトリエの椅子から動かなくなってしまった。こうなるともう、何を訊いても生返事しか返ってこないに決まっているのである。

とにかく、まず足で確かめておかなければならないことがいくつかあった。

僕はまず現場となった邦楽部の部室に向かった。爪弾《つまび》きの渋い音が聞こえる。中では練習中らしい女子が二人、箏《こと》に向かっていた。ごめんください、と小声で言って戸を開ける。二人は同時に顔を上げたと思ったら、僕を見た途端に歓声とも悲鳴ともつかない声をあげ、猿《ましら》の動きで飛びかかってきた。

「ようこそいらっしゃいました！　どうぞどうぞ中へどうぞきゃー」

「どうぞどうぞそんな遠慮せずにきゃー中へどうぞやったあ」

両側から腕をつかまれた。よく分からないうちに中へ連れ込まれる。

「いえ、あの」

「きゃーどうぞこちらへどうぞ座ってマヤ！　座布団」

「はいっ」一人が部屋の隅に走る。

「あの、僕は」

「さあどうぞ座って遠慮しないできゃー歓迎ですよ」

「どうぞはいきゃーやったあよくいらっしゃいました」

ところどころにきゃーが入るのでよく分からないが、どうやら入部希望者と思われているらしい。続いて質問攻めにされた。

「邦楽お好きなんですか？」

「初めてですか？　楽器に触ったことは？」

「あの、」

「一年生ですか？　あ、でも何年生でも大歓迎ですよ」

「やってみたい楽器とかあります？　ちょっと今合奏してみませんか？」

「うちに来たきっかけは？　友達で入りそうな人いますか？」

「好きな曲ありますか？」

「源氏物語好きですか？」

「いえ、あのう」しかし二人はハイタッチをして抱き合っている。

「三人目ですよ！　男子入りましたよ先輩！　きゃー」

「先生喜ぶね！　三曲合奏できるよ！　きゃー」

「いえ、そうじゃなくて」

「あ初心者でも大丈夫ですよ先生もいるし私たちももう一から教えますから」

「いえ、あの、すいません」

「え……？」ようやく動きが止まった。僕は慌てて言う。「あの入部っていうか、僕、美術部なんです」

「あ兼部でもぜんぜん大丈夫ですよ暇なときに」

「いつ時間ありますか？　先生の都合だってそれに合わせて」

僕は黙ることにした。

部室にいきなり行ったのは迂闊《うかつ》であった。文化系クラブは吹奏楽部等、ごく一部を除いて大抵が深刻な部員不足に悩まされていて、たとえば合唱部は男子がおらずテノールバスバリトンを一人が兼任しているし棋道部は対戦相手がおらず一日中詰め碁だけしているといった状況なのである。彼らは部の存続のため死に物狂いであり、部室に入ってきた人間は見境なしに勧誘されるのであった。

僕が黙っているのでようやく二人は変に思ったらしい。

「あの、どうしましたか？　具合が悪いですか？」

「すいません騒いじゃって。あの、ほんと、リラックスしてください。もう仲間ですから」

仲間に入れてもらったところを申し訳ないが、とにかく用件を話さなくては進まない。僕は視線をそらして切りだした。「あのう、ほんと申し訳ないのですが」土下座したいぐらいの気分であった。「入部希望でないのです。はい」

「あっ、体験入部も歓迎ですよ」

「いえ、そうではなくて」

「あっ、見学だけでも大歓迎です」

「いえっ、それですらなくて」

きょとんとした二人の視線が突きささる。なんでこんな目に遭っているんだろうと思いながらも僕は恐る恐る言う。「あの、ひとつふたつ伺いたいことがございまして。はい」

マヤと呼ばれた方がにっこりと笑う。『邦楽ってなんですか？』っていう人も来たことありますよ」

「いえ、あの、この部室のことなんですが」

先輩らしき方が見回して申し訳なさそうに言う。「すいません練習、ここでしかできないんです。でも、三人になったから今度、交渉して」

「戸締りはしていましたか？」

「はい？」疑問符がユニゾンで響いた。

「昨夜です。あの、入口の戸、鍵かけてましたか？」

「はあ……？」

二人は憑き物《つもの》が落ちたように肩を落とした。ようやくまともに話ができるようになった様子である。マヤと呼ばれた方が先輩の方を見る。「どうでしたっけ？」

「たぶん締めて帰った……」先輩の方が僕を見て首を傾げる。「……と思いますけど……」返答はいささか頼りなかった。

「あの、それが何か……大事なことなんですか？」

「一応、大事です。昨夜のことなんですが」

マヤ氏が反応した。「あっ、それ私、今朝聞きました。幽霊出たんですよね、ここ」

「はい」

「あっ、もしかしてあなたが三野さんですか？」

「いえ、僕は葉山です」

「あ、怖がりのほうの……あっ、すいません」

「いえ」ミノめ。

「マヤ、どういうこと？」先輩氏の方は知らないらしい。僕は昨夜のことをかいつまんで話した。先輩氏は飲みこみよく反応した。「つまり、誰かがこの部屋に忍び込んで悪戯できたかどうか、っていうことですね？　でも私、帰るときは鍵、かけますし……」

「昨夜に限って、忘れていたというようなことは」

「ここの鍵は私が持ち歩いているんです。いつも」先輩氏はポケットからじゃらりと鍵を出した。どこで売っていたのか、三味線を弾く男がデザインされたキーホルダーがついている。

「昨日は五時過ぎに帰りましたが、そのときに戸締りはしたと思います。葉山さんがご覧になったとき鍵がかかっていたなら、かけ忘れたということではないように思います。最近は誰かに貸したりはしていませんし……」

「はあ、左様で」先輩氏の口調にはなんとなくつられてしまうものがある。「窓の鍵は如何《いか》でしたか」

先輩氏はひょい、と窓を振り返る。「鍵はかけています。立冬を過ぎましたらもう、開けることは滅多に」

立冬がいつごろだったかよく思い出せないが、とにかく窓を開け放していた可能性はまずないようだ。とすると、やはり密室だったことになる。

僕はつい唸《うな》ってしまう。「……合鍵なんかはありますか」

「……ない、と思います」先輩氏はマヤ氏をちらりと見る。マヤ氏も首を振った。「私も知らないです」

「少なくとも文化祭から後は、私が持ち歩いていました。見当たらなくなったこともないですし……」先輩氏は言う。盗んで合鍵を作るというのも難しそうだ。

「……まさか、抜け道なんてあるわけないしなあ……」僕は部室を見回す。昨夜覗いた時よりだいぶ広く感じはするが、人が隠れられそうな場所はやはりない。

「……昨日、この部屋の明かりはちゃんと、消して帰りましたよね?」

「はい」

先輩氏が頷くとマヤ氏が横から言った。「そこは間違いないですよ。先輩、そういうの凄く細かいんです。この前バイトの面接に行ったとき、面接が終わって『失礼します』って言って部屋出るときに電気消しちゃって面接官慌てさせたらしいです」

「マヤ、やだなんで言うの」先輩氏は顔を赤くした。

「で落とされたと思ってがっくりしてたら、『しっかりしててよろしい』って逆に採用になったんですよねえ」

「なるほど」そこまで言うなら確かに間違いないだろう。

マヤ氏は話好きのようだ。何かヒントになることが出てきそうな予感がして、僕は体の向きを変えて質問した。「今日来て、部室に何か変わったこととか、ありましたか？」

「……ええと、いいかげん埃っぽくなってきたから、掃除しないとって思ったり……」

「はあ」

「他には……あっ、ありました」

「ありましたか？」

「はい。昼、お弁当食べてたらゴキブリが」

「はあ」

「凄くないですか？　真冬に昆虫ですよ。しかも飛ぶし。……スリッパで潰して」

「はあ」

「そこに捨てたんです。見ます？」

「いえ、それはいいです。……他には、何か」

「それくらいですね」

まったく意味がなかった。マヤ氏はちょっと笑う。「葉山さん、刑事さんみたいですね」

「あれ、そうですか」刑事みたいと言われたので、僕はちょっと調子に乗って今度は先輩氏に訊いた。「何か最近、身の回りで変わったことはなかったですか？　誰かが部室に忍び込んだとか。些細《ささい》なことでもいいのですが」

「……いえ、そういったことは」しかし先輩氏が否定しかけたところでマヤ氏が反応した。

「あっ、先輩、ありましたよ。うちじゃないですけど、ほら昨日」

「あっ」先輩氏も思い出したらしい。「演劇部に泥棒が入った、という話が」

「演劇部に？」

「さおりちゃんが、いえ演劇部の柳瀬が昨日、言っていました。何か、演劇部の物置に泥棒が入ったみたい、と」

「そうですよ」マヤ氏が勢いづく。「それで、私たちも戸締りしっかりしようね、って話したじゃないですか。昨日、戸締り忘れるわけないですよ」

「あっ。やばっ、忘れてた」

「もう部長、ボケないでくださいよ」

この二人、普段はこんな感じらしい。先輩氏はまた顔を赤くした。「すいません。忘れていました」

「いえ、……何が盗まれたのか、とかは」

「……それは、詳しくは」

柳瀬さんに直接訊くしかないようだ。若干の憂鬱が僕の脳裏をよぎる。演劇部の部室に出向きでもしたら、また壮絶な勧誘が待っているに決まっている。

とにかく次に行くべきところは決まった。収穫ありと言ってよさそうだ。ついでに念のため、二人に昨夜の幽霊が出た時間どうしていたかを訊いたが、もちろん二人とも帰宅していたと答えた。まあ、これだけ部員確保に熱心な二人が、自ら部室に幽霊など出すとはちょっと考えにくい。ただでさえ少ないはずの見学者が寄りつかなくなってしまう。

先輩氏は心配そうに、この部屋に幽霊が出るという話はどこまで広まっているのでしょうか、と僕に訊いた。

「もともとは吹奏楽部で噂になっていただけだったんですが……」

先輩氏はマヤ氏と顔を見合わせ、同時にがっくりと肩を落とした。「ああ……」

しまった。「いえ、今もたいして広まってないと思いますよ」後からごまかしても遅い。なんだかすごく悪いことをしてしまったような気になりながらも、僕はまた勧誘されないうちにさっさと退散することにした。しかし先輩氏は戸を閉めようとする僕に抜け目なく言う。

「あの、気が向いたらまた来てくださいね。いつでも歓迎ですから」

マヤ氏がどさくさまぎれに言う。「一応、名簿に名前載せておきますね。お待ちしてます」

それ以上問答をする気になれず、僕はいいかげんで辞した。「お邪魔しました」

続いて三階。演劇部の部室をノックする。どたどたと足音が接近してきて戸が開く。戸を開けた女子がぱっと顔を輝かせて部屋の仲間に振り返った。「先輩、新入りゲットです！」

どっと疲れがやってきた。

「珍しいね、葉山くんの方から来るなんて。今日は何の御用？」

「は。実は、演劇部に入部させていただきたく」

「本当？　嬉しいわ！　やっと素直になってくれたのね！」

「はい。僕はこれまで、演劇の魅力に気付いていませんでした。ああなんて馬鹿だったんだ。柳瀬さんがこれまで何度も誘ってくれていたのに！」

「若い時には、なかなか分からないわ」

「でもこれからは違います。僕は今ようやく気付きました。僕の青春はここにあったんだ！」

「芝居の道は厳しいよ」

「覚悟はできています（間）あなたと一緒なら」

「葉山くん……」

「そろそろカットしていいですか」

最後を除いて、僕は一言も喋っていない。柳瀬さんの一人芝居である。後ろでは演劇部の皆さんがくすくす笑ったりBGMを口ずさんだりしている。

「あれっ、もう終わりか？」ミノはどこからかミラーボールまで出してきていた。「ベッドシーン用の照明、試してみたかったのに」

「そんなもん試すなっ」

「まあ、葉山くん恥ずかしがりやさんだからね」柳瀬さんはようやく素《す》に戻った。「私が代わりに表現してあげたんだけど」

「ミノみたいなことしますね。いやそれはどうでもよくて」僕はようやく部室に踏みこめた。

「ちょっと訊きたいことがあって来たんです」

「私に？　やだ葉山くん、部室に乗りこんでくるなんて積極的」

「べつに柳瀬さんに、ってわけじゃないです。……なんか昨日、物置に泥棒が入ったとか」

「ああ」ミノがミラーボールをしまいながら答えた。「昨日ざっと見てみたけど、べつに荒らされたとかじゃなかったんだよな」

「はあ。それじゃ泥棒が入った、っていうのは」

「鍵が壊されてたんだよね」柳瀬さんが言う。「現場、見てみる？」

「はい」

演劇部の物置は部室の斜向《はすむ》かいである。舞台照明の装置などの中には何十万もするものがあるから、ここには必ず鍵をかけているのだという。

「もっとも、うちの機材はみんな中古《ボロ》だし、盗って得するものなんか何もないんだよね」

「そうっすか？」ミノもついてきた。「俺、家にオーロラマシン欲しいんだよな」

「そんなもん置いて何に使うの」柳瀬さんが戸を開ける。戸の鍵はすでに取り外され、ボルトの埋まっていたとおぼしき穴が残っているだけだった。

部屋は床も壁面も見えないほど物で溢れていた。しかしよく見ると積み上げられて埃をかぶった段ボールの陰に衣装がかけられていてその裏側にかすかに金属製の棚がのぞき何か書類のようなものが束ねられていたりする。雑然としているが散らかしてあるのではなく、物が多すぎて棚やロッカーから溢れているだけのようだ。それでも僕は室内を見回してなんとなく途方にくれた。いかに整理整頓しようと努力した跡があっても、やはり眩暈《めまい》を覚えるような光景である。ちゃぶ台とスポットライトと甲冑《かっちゅう》と道路標識が当然のように並んでいるのを見て、混乱しない人間がいるだろうか。

「片付けなきゃねえ」柳瀬さんがしみじみと言う。確かにこれでは何がどこにあるのかさっぱり見当がつかない。

「この様子じゃ」僕は足元に並ぶマネキンの首を踏まないように気をつけながら二、三歩中に入る。「目的のものがあっても探し出せなかったかもしれませんね」

「目的のもの、ねえ。何が欲しかったんだろうね」柳瀬さんが腕を組む。

演劇部の物置にあるもの。ちゃぶ台、折りたたみベッドその他、家具一式。中世西洋貴族風ドレスに戦国武者風鎧兜《よろいかぶと》等々、衣装一式。スモークマシン電球延長コード等、マニアックな照明機材一式。台本、メイクセット、小道具のナイフ、etc. etc.。はたして何が目的だったのか。荒らされてすらいなかったことを考えると、侵入者はあまり念入りに物色したというわけではなさそうだ。あるいはこの部屋の状況をひと目見て断念したか。

「お前しかしその話、どこで聞いたの」入口近くに散乱するカラー・フィルターの束を片付けながらミノが訊く。

「邦楽部の何だっけ、部長らしき人が言ってた」

「邦楽部……？」ミノが手を止めた。「お前、そんなマニアックな趣味あったの」

「お前に言われたくないよ」

芸術棟にいる以上、大抵はお互い様である。「昨日のことでさ。やっぱり納得がいくまで調べることにしたんだ」

「へえ。……なんか分かった？」

「いや、ますます分からなくなった。……ただ、伊神さんはトリックに違いないって言ってる」

足場を一歩一歩確かめながら戻る。柳瀬さんに礼を言って去ろうとすると、彼女は露骨に悲しそうな顔をしてみせた。「……用ってそれだけだったの？　何か忘れてない？」

「はあ。特には」

それから急に笑顔になった。「ところで話は変わるけど葉山くん、舞台に立ってみない？

一応準主役を用意してあるんだけど」

結局、勧誘された。


アトリエに戻ると、伊神さんはまだそのまま座っていた。

「お帰り。首尾はどうだった？」

「邦楽部と演劇部に入部してきました」

僕が聞いてきたことを話すと、伊神さんは口をひょっとこみたいにして反応した。「大収穫だね。もしかしたら」

「そう、なんですか？」

「演劇部の泥棒話は知らなかったな。これ、たぶん重大なヒントだよ」

「でも、もしかしたら全然、関係ないかも」

「その可能性もあるけどね。タイミングがタイミングだからねえ。でき過ぎてると思うな」

まあ、それは確かにそうだ。

「でも、何も盗られなかったみたいですよ」

「そんなにきちんと確認したわけじゃないんでしょ？　それに、昨日盗って今朝戻せばいいことだしね」

これも言われてみるとそうである。

伊神さんはぶつぶつ言い始めた。いよいよのってきた様子である。「……演劇部、というと音響機材、フルートの音……いや照明機材？　あそこにはたしか人形なんかもあった……」立ち上がってうろうろ歩き始めた。「フルートの音と人影。しかも突然消える人影。さらには明かりが点いて消えた。ふむ」立ち止まって僕をくるりと振り返る。「フルートの音は部屋の中から聞こえてきた？」

「いえ、それは分かりませんが……」

「そうだろうね。分かるわけがない」質問しておいて、伊神さんは一人で頷く。「まあたぶん録音だろう。実際に吹いていたなんてなったら容疑者は何人もいないことになる」

伊神さんはまた歩きだした。衛星のように僕のまわりをぐるぐる回るので、僕としてはいささか落ち着かない。

「消えた人影っていうのは、確かに立花だった？」

「いえ、影だけですから。それに僕、立花さんに会ったことないですよ」

「そりゃそうか。消えた、っていうのは、どんな感じ？　ふっ、と消えたのかすっ、と消えたのか、それともふぁっ、と消えたのか」

違いがよく分からない。「一瞬のことで。……ただ、特に消え方で気になるところはなかったです」

「ううむ。難しいな」逆回りしはじめた。「邦楽部の人たちはその日、部屋の明かりはちゃんと消して帰ったんだよね？」

「はい。そう言ってました」およそ関係ないエピソードまでついてきた。

「すると明かりが一番の問題だな。ううむ」

確かに、スイッチは部屋の中にある。漏電《ろうでん》防止ブレーカーは廊下に出ているから操作できるが、室内の方で電灯のスイッチが切ってあっては意味がない。

伊神さんはまたしばらく周回していたが、ふっ、と顔を上げた。「ああごめん。もう質問しないから、待ってなくていいよ。リラックスするなり、制作に戻るなり」

こんな至近距離を周回されていてはどちらもできない。僕は立ち上がった。「もう少し、いろいろ訊いてきます」

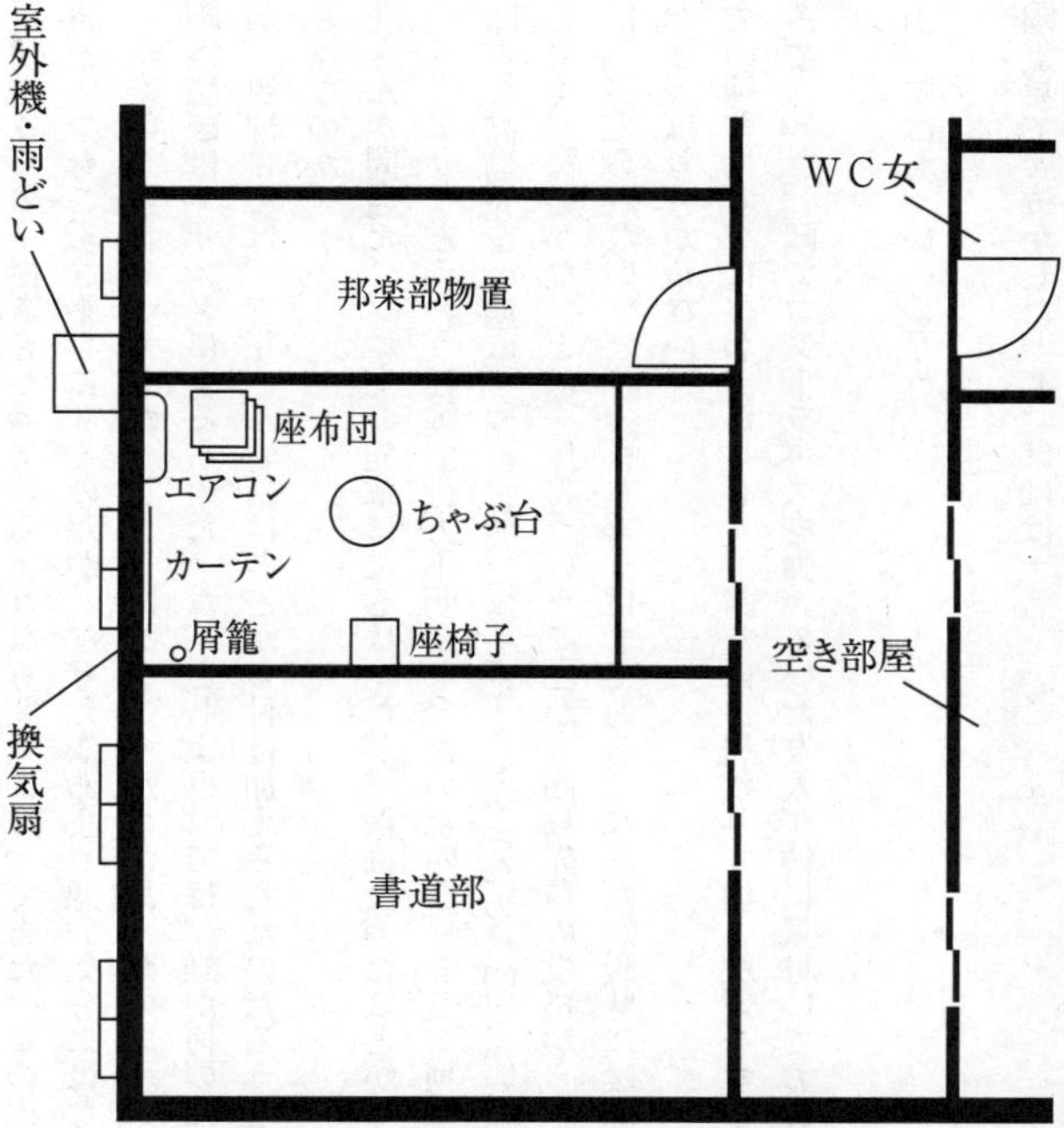

室外機・雨どい
WC女
邦楽部物置
座布団
エアコン
ちゃぶ台
カーテン
屑籠
座椅子
空き部屋
換気扇
書道部

邦楽部室の状況

なんだか伊神さんの下働きをやっているような雰囲気になってきた。この人と何か一緒にやると不思議といつもこんな感じになるのだが、なぜだかあまり悪い気分にはならないのだった。今度は吹奏楽部を訪ねるつもりだった。気になることがまだあったのを思い出したのである。昨夜の幽霊騒ぎはトリックによるものだった、としよう。では、誰が何のためにあんなことをしたのか。伊神さんは、立花さんの話はあとから付け加えられたのだろうと言った。では、なぜ立花さんなのか。

その立花さんが問題だ。二つ上の先輩になるはずだが、僕は会ったことがない。行方不明になったという。なぜ、どういう経緯で行方不明になったのだろう。そして何よりよく分からないのが、昨夜の高島先輩の態度。僕の質問に答えたくなかったのは明らかだが、「一応、訊かないでおいてくれないかな」とは一体どういうことか。高島先輩の性格からすれば、答えたくないときは「答えられない」とはっきり言うはずである。なんだか曖昧《あいまい》に曖昧が重なった感じで、事情がさっぱり分からない。

大人数での練習はすでに終わったらしく、講堂には居残りで個人練習をする部員がちらほらと残るのみであった。隅でコントラバスを弾いていた友人が僕に気付いておおす、と手をあげた。

「よう葉山、腰はもういいの？」

「腰？」

「昨日、幽霊見て腰抜かしたって。ははは」

「何だよそれ」

話に尾鰭《おひれ》がついていた。

高島先輩の姿を探したがどこにもいない。うろうろしていたら、壁際でイヤフォンをつけて何か聴いていた東さんと目が合った。

「よう」東さんはイヤフォンを外してのっそりと立ち上がった。東さんと向き合うと、僕はちょっと仰《あお》ぎ気味になる。でかいなあ、といつも思う。一八五センチだそうだ。

無造作に染めた明るい茶髪。丁寧に描いた眉にさりげなく光るピアス。一見ワルそうだが雰囲気にだらしなさはなく、むしろ爽やかに映る。吹奏楽部員には珍しく日常的にスタイリッシュな東さんは、制服にブランド物の靴やアクセサリーを合わせて嫌味に感じさせないという簡単そうでいて実は極めて難しい離れ業の持ち主である。こういったタイプの人なら吹奏楽部よりむしろ軽音楽部を好みそうだが、本人いわく「軽音《けいおん》の奴らは下手すぎ」だから嫌なのだという。高島先輩は「東が練習してるの見たことない」と言っていたが、サクソフォン（本人はなぜか「サックス」と言う）の腕前は相当らしいから、どこかでこっそりと特訓しているのかもしれない。

「なんか聞いたけど。昨日、ヤバかったって？」

「まあ、大変といえば大変でした。……高島先輩は帰りましたか？」

「まだいるだろ」東さんはぐるりと講堂を見回す。「高島に用？」

「少し。後でもかまいませんが」

東さんはすう、と近づいてきた。目つきが鋭く山猫の印象を与える人なので、接近されると噛みつかれるように感じつい一歩引いてしまう。しかしこの人が山猫なら秋野は獲物ということになってしまい何か不適切だ。

東さんは僕の肩にぽん、と手を置く。ちょっと怖い。「あのさ、高島のことなんだけど」

「はい」

「君、昨日残ったんだよね。高島と一緒に」

「はあ」

「高島のことなんだけどさ」東さんは声をひそめる。「昨日何か、気になることなかった？」

「……ありました」僕はちょっと驚いた。まさにそのことについて訊きにきたのである。「……少し、ですが」

「あいつ、何か隠してねえ？」

東さんはどうやら、僕と同じことを考えているらしい。積極的に喋ることがあまりない人なので、おやと思って質問を返す。

「東さん、何か聞いてますか？　立花さんのこと」

「いや、高島は黙ってっけど……。あいつなんか変なんだよな。噂聞いたって、あいつだけ最初から『幽霊なんて出るわけない』って」

「僕にもそう言ってましたが……」

「昨日だって、なんか相当ヤバかったんだろ？　普通、踏みこむか？」

「いやあれは、僕もびっくりしました」

「まあ、あいつ男だからな。……高島、怖がってたように見えた？」

「いえ。……あのう、まさにそこなんですが」僕もつられて小声になる。「なんだか、はじめから悪戯だと決めていたようでした」

「でも、踏みこんだら誰もいなかったんだろ？　それでもまだ落ち着いてたのか？」

「さすがに驚いた様子でしたけど、それでも結構冷静だった気が……」

「怪しくねえ？　なんか」

「なんか、というか……」言っていいのだろうかと迷ったが、東さんはすでに聞く態勢になっている。「立花さん、どうも生きているみたいなんです。高島さんはそれ知ってたみたいで」

「マジで？」東さんの声が大きくなった。東さんはちょっとまわりを見回してから僕に向き直る。「なんだよそれ」

　僕は昨日の高島さんとのやりとりを話した。「亡くなったんですよね？」に対して「訊かないで」と答えた以上、立花さんはおそらく生きているのだろう。

「なんだよ」東さんは肩を落として派手に溜め息をついた。「……でも高島、それ分かってたらなんで他の奴に言わないんだ？」

「それを訊こうと思って来たんですが」僕はあらためて講堂を見回した。高島さんの姿はやはりない。

「ただ、このことは秘密にしておいて貰えませんか。……高島先輩もなんだか話したくなさそうだったんで」

東さんは頷く。「……しかしそうすると、立花先輩はじゃあ今、どこで何やってんだろうな」

「分かりません。だいたい、なんで行方不明になったのかもよく分からないし。……東さん、何か聞いてないですか？」

「さあ」東さんは口をへの字にして腕を組む。この人はたまに爽やかな笑顔を見せる以外は無表情なので、こういう顔は初めて見た。

「当時、まわりの人は騒がなかったんですかね」

「いや、騒いだってよ。今思えばたぶんその時、仲の悪い奴が『死んだ』って噂、流したんだろうな。俺、てっきり死んだんだと思ってたよ」東さんは苦笑した。「踊らされた」

「まわりの人、誰ひとり事情、知らなかったんですかね」

「さあ。知ってた奴もいるかもな」

調べて回って損はなさそうだ。たとえそれで答えが分からなくても、聞き集めたことを伊神さんに話せばなんらかの回答を与えてくれそうな気がする。僕は僕で、伊神さんをスーパーコンピュータか何かのように思っているようだ。

「立花さん、何組だったか知ってます？」

「たしか四組。……まだ調べるのか？」

「そうしてみます。分かったら教えますね」

「頼むわ。……ああ、確か担任、百目鬼だ」

「じゃ、まずそこからですね」

なんとなく放課後探偵団が身についてきた。もっとも、動き回っているのは僕だけだったが。

僕は足早に講堂を後にした。


アトリエに戻ったが伊神さんはいなくなっていた。百目鬼先生もいないようだ。この時間帯、百目鬼先生の場合、アトリエにいなければさっさと帰宅している可能性が高い。職員室あたりにまだいてくれないかなと思って本館へ向かうと、渡り廊下のところで駐車場に向かって歩く百目鬼先生に出くわした。やはり帰るところだったらしい。

百目鬼先生は僕を見つけて立ち止まった。「おう葉山。戸締りよろしく頼むな」

「先生、お帰りですか」

「ああ。ま、俺の制作はひと段落したしな」

それよりも、まだ五時前なんじゃないのか。僕はちょっと呆れた。この人はどうやら本当に、仕事ではなく創作活動のために学校に来ているらしい。

もっとも、高校の教員なんてそんなものなのかもしれない。以前、教育実習生に聞いたことがあるが、高校教員というのは必ずしも教員志望の人間がなるものではなく、研究者だった人間や作家志望の人間などが相当数交じっているのだとか。そういえば体育科の某教諭は元全日本選手だったというし、書道科の某教諭は現在でもその筋では有名な「一筆ウン十万」の書家さんだという。こういう人たちにとってはあくまでそちらの業界が本分で、教育はオマケなのだろう。昔、現職教員に「普段は何時ごろ、学校を出るか」とアンケートをとったら「五時前」と答えた人が一パーセントほどいたとのことだが、その原因はこういうところにありそうである。

この様子ではなんとなく期待薄、という気がするが、僕はとにかく訊いてみた。「先生、三年四組の担任ですよね」

「おう」百目鬼先生はちょっと意外そうな顔をした。そういえば、芸術関連以外でこの人と話をした記憶がほとんどない。

「立花さんのことなんですが」

百目鬼先生はそこでぴくりと反応した。なにか、油断のない表情になったように見える。

「立花……が、どうした？」

伊神さんあたりならここで当意即妙、うまいぐあいにかまをかけたりするのかもしれない。しかしそういうことは僕には無理である。「行方不明になったと聞きました。その、どういう事情があったのかな、と思って」

百目鬼先生はしばらく、視線を動かさずに僕を見ていた。

「……立花を知ってるのか」

「はい。実は……」

こちらのことを話さずに相手のことを訊き出すというのが尋問の基本だそうである。これもどうやら僕には無理なようだ。僕はこれまでのことを適当に省略しながら話した。百目鬼先生は何も言わなかったが、表情は制作中に準ずる真剣なものになっていた。

「……その噂は、広まっているんだな」

「はい。……主に吹奏楽部のまわりで、ですが」

百目鬼先生は眉間に皺《しわ》を寄せ、こめかみに人差し指をあてて唸る。これは次の言葉を探しているときの仕草だ。

「立花が……行方不明、ぐらいのことはまあ噂になると思っていたが」

「ということは」僕は勢いこんで訊いた。「立花さん、生きているんですね?」

「生きてるよ。当然だ」百目鬼先生はあっさりと答えた。

体の栓を抜かれたように力が抜けた。「……やっぱりか」

「正式に学校を辞めたのは六月だ。まあ、ちょっと事情があってな。家も引っ越した」

「辞めた理由……というのは」

「それは答えられない。悪いが」

「あの、連絡はつきますよね? 連絡先は」

「悪いが、そこは俺も知らないんだ。引っ越したのは、ウチの生徒でなくなってからだからな」

「いえ。……しかし、そうすると……どうしようかな」

立花さんが生きている＝幽霊は贋物《にせもの》、ということははっきりした。だが、このままでは吹奏楽部にどう説明したらいいものか。生きている、ちょっと事情があって学校を辞めた、では、その事情とは何だったのか、と問い返されるに決まっている。はたして「それは分かりません」

で納得してくれるだろうか。下手をすると、百目鬼先生は本当の事情を知っているが嘘をついているのだ、ということになり、噂がますます広がりかねない。

百目鬼先生はやれやれ、という顔になった。「そんなに噂になっているとはなあ。……すまんな。よく教えてくれた」百目鬼先生はあさっての方向を向いて、なぜか気合を入れるように首をぐるりと回した。「俺の方も事情は分かった。今の答えじゃ不十分だろうが、まあ近いうちに解決すると思っててくれ」

「……はい」

先生方は知らないようだ。本当のところは、そんなに簡単に解決するものでもないのである。僕たちの見たものの正体が分からないままではどうにもならない。

しかし百目鬼先生と別れて芸術棟に戻り、階段を上ると二階のところで伊神さんを見つけた。話しているのは高島先輩、それに秋野である。伊神さんも僕を見つけて手招きする。そして言った。

「葉山君、どうやら謎が解けたぞ」

それを聞いて、僕はずっこけそうになった。……この人、スーパーコンピュータどころじゃない。

シャーロック・ホームズから警部補古畑任三郎まで、およそ名探偵という人種は他人をじらすものである。もっと言えばマイペースで悪戯好きで変人である。だから伊神さんもマイペースで悪戯好きで変人で人をじらす以上、名探偵に違いない。僕はそう信じることにした。

　昼間、謎が解けたと言った伊神さんだが、僕には何も教えてくれなかった。伊神さんはどうやら昨夜の状況を詳しく確認するため、高島先輩と秋野を現場に連れていってあれやこれや質問していたらしい。その時の様子を秋野に訊いたら、

「……最初は一言も喋らなかったの。でも、しばらくしたら急にきょろきょろして」

「いきなり向かいの部屋の戸を開けて、閉めて」

「笑いだしたの」

　と、ラリっているようにしか聞こえない話が返ってきた。

「あははは。実に簡単だったよ。馬鹿馬鹿しい」

　伊神さんはそう言って笑ったが、謎解きはしてくれずに「今夜八時、芸術棟に来てくれれば分かるよ」とだけ言って、すたすたと三階に消えてしまった。高島先輩は唖然としていたし、秋野は呆然としていた。

「……謎が解けた、って……本当に？」

　あまりにあっさりしているので、高島先輩まで半信半疑であった。僕だってそうなのだが、あの人がそう言う以上、信用しなければならない。

　北風が走り抜けた。ただでさえ冷たいのに「ぴゅう〜っ」といかにも冷たそうな音をたてるものだから、なおのこと耐えるのが辛い。

　伊神さんにああまで自信満々で言われてはしょうがない。僕は言われた通り、高島先輩と秋

野に頼んで今夜も残ってもらうことにした。東さんも来たが、なぜかミノは来なかった。現在午後八時五分前。昨日よりさらに冷たい風が吹きすさぶ中、僕たち四人は亀のように身を縮めながら裏門に集合していた。しかし伊神さんの姿はない。

「なんでこんな時間に来いって言うんだ?」

東さんも今ひとつ納得していないようだ。

「たぶん、トリックの実演をしてくれるんだと」

「できるのか?」

「……たぶん」僕も自信がない。

「ほんとに分かるんだろうな」東さんの視線が痛い。「まあ、間違いないとは思うけど。こんな寒いとこに呼び出したんだしな」

なぜか僕が胃を痛めている。とにかく、伊神さんを信じるしかなかった。

「伊神先輩は、もう来てるのかな?」高島先輩が校門を振り返る。

「分かりません」

「葉山くん、あれから何か聞いた?」

「いえ、何も」

それどころか伊神さんは、あれからどこに行ったのかも分からない。ただ、アトリエに戻ると椅子の上に書置きが残っていて「ひかるちゃん以下、吹奏楽部の人を呼んでおくように。時間は午後八時。場所は裏門で結構」とだけ書かれていた。伊神さんはなぜアナログの置き手紙など残すのだろうメールが嫌いなのだろうかと思ったが、とにかく僕は犬のように忠実にそれに従ったわけである。集合しましたとのメールはさっき送ったのだが返答がない。だから目下、僕にできることは、犬のように忠実に伊神さんを待つことだけであった。

「べつに実演までしてくれなくても、口で説明してくれてよかったんじゃないのか」東さんが至極もっともなことを言う。

「実演しないと説得力がないと思ったんでしょうね。慎重なんじゃない?」

高島先輩が助け舟を出してくれる。でも僕は言った。「単にこういう演出をやってみたかっただけなんだと思います」

それから数分。寒さのためいいかげんみんな無言になってきて、僕のこめかみに冷や汗が流れ始めたころ、ようやく僕の携帯に着信があった。

(sub) 芸術棟へ入れ

(本文未入力)

伊神さん、なんでメールだと命令口調になるんだろう。

「入っていいそうです」僕は宣言する。ここから先はもう伊神さんの責任、ということにして、僕は勝手に肩の荷をおろした。

冷たい門扉を乗り越える。昨夜と同じコースでグラウンドを縦断する。地獄の階段を上りきったところでいきなり後ろから肩を叩かれたので、僕は驚いて落ちそうになった。一体どこに隠れていたんだこの人は。

コートもマフラーも黒という忍者じみた出立《いでた》ちで伊神さんが登場した。「寒い中よく来てくれたね」

「吹奏楽部の人、呼んできました。……これでいいんですか？」

「三人、か」伊神さんは秋野たちを見て、ちょっと鼻を鳴らす。「ちょっと少ないな。吹奏楽部の子たちが大勢来てくれた方が良かったけど」

「昨夜の説明をするって聞いて来たんすけどね。……ほんとに説明できるんすか」東さんが返す。

「説明は、ちゃんとするよ」伊神さんは僕たちに背を向けて、先にすたすたと歩きだした。

「ただ、実際に目で見て貰った方がいいと思ったからね」

「……噂を否定してみせるために、わざわざ……？」

確かにそれなら口で説明するだけでは不十分で、派手に実演して見せた方がいい。僕はちょっと後悔した。「すいません。それならもっと呼ぶべきでした」

「いや、こういうのやってみたかったんだよね。一度」

芸術棟へ向かう。伊神さんは振り返らずに喋る。「念のため、昨夜の状況と同じかどうか、逐一訊いていくことにしよう。……ひかるちゃん」

「はい」ファーストネームで呼ばれた高島先輩が、授業で指名されたみたいに反応する。

「昨夜、邦楽部の部室には明かりが点いていたね？　……あんなふうに」

伊神さんの肩越しに芸術棟の裏を見る。黄色い明かりが落ちていた。伊神さんが立ち止まる。

「……そして、音楽が聞こえてきた……」

「はい」

高島先輩が頷いた途端、どこからともなくヴェルディの「レクイエム」が聞こえてきた。秋野がびくりとして身を硬くする。何もわざわざ、こんな怖い曲にしなくてもいいのに。

「何だ、だれが弾いてんだ？」東さんが呟く。しかし演奏はフル・オーケストラである。「いや、うまいな。……プロか」

「なんでこの選曲なんですか？」

「いや、怖がらせようと思ってね」伊神さんはあっさりと言った。そして振り返る。「……さて、当然、昨夜聞こえた音楽も録音だったわけだ。再生装置はべつに、邦楽部の部室で鳴らす必要はない。部屋の外で鳴っているのか中で鳴っているのかなんて、咄嗟《とっさ》に判断がつくはずはないしね」

音楽がフェードアウトして止んだ。

「そして、ひかるちゃんたちは明かりの漏れている方へ進む」伊神さんはまた歩きだした。僕たちも黙って続く。

「さて、確認しよう。……ひかるちゃん」伊神さんが二階を見上げる。人影があった。「君が見たのは、これだったね？」

人影がすっ、と消えた。

おおっ、と思わず声を漏らしてしまった。「……こんな感じでした。確かに」

明かりが消えた。

伊神さんはにこにこしている。「さて、このあと君たちはどうしたのかな?」

僕は高島先輩と顔を見合わせ、小走りに玄関へ向かう。やはり鍵がかかっていた。

芸術棟に踏み込む。後ろから伊神さんの声がした。「明かりを点けても構わないよ。転ばないようにね」

しかし高島先輩はコートのポケットから懐中電灯を出すと、足元だけ照らしながら暗がりの中に突入した。ぼくも小走りで後を追う。芸術棟の風景は昨日と変わっていないのだが、恐怖感はまったくなかった。

邦楽部の部室。やはり鍵がかかっているし、もちろん中には誰もいないようだ。僕と高島先輩はまた顔を見合わせる。僕は南側の窓を開けて下へ怒鳴った。「鍵がかかっています。誰もいません」

伊神さんはすでに窓の下まで来て、こちらを見上げていた。「そうだろう?」

「ああ、そういうことか」背後で高島先輩が呟いた。それからくすくすと笑いだした。「騙されたなあ、もう」傍《はた》で見ていてちょっと怖かった。

「まあ、こういうわけ。分かってみると馬鹿馬鹿しいでしょ」

僕たちが出てくると、伊神さんは開口一番、そう言ってまとめた。高島先輩も笑顔で返す。

「本当ですね。でも、あの時は雰囲気があったから騙されちゃいました」

僕はまだよく分からない。秋野もきょとんとしている。

「まあ、仰々《ぎょうぎょう》しく謎解きするほどのものでもなかったね」仰々しく謎解きしておいて、伊神さんは言った。「要は影絵だよ」

「あ」それでようやくぴんときた。……カーテンに映った人影。あれは本当に「影」でしかなかったのである。

「つまり」

「つまり、最初から邦楽部へは誰も出入りしていなかったっていうことだね」僕が言おうとするのを遮って、伊神さんが喋り始めた。「芸術棟二階の部屋のドアには大抵、上部にガラスがはめこんであるから、そこからカーテンに向かってスポットライトを向ける。スポットライトの前に切り絵を……まあ実際には、立花の写真をOHP用紙に印刷すればいいんだけど……セットすれば、影がカーテンに映る。切り絵をすっと外せば人影が消えたように見えるし、スポットライトを消せば部屋の明かりが消えたように見える。密室なのに明かりが点いたり消えたりした、っていうのが一番、不思議だったけど」伊神さんは二階の窓を振り返る。「好都合だったのは、この部屋は幅が狭くて窓も小さかったことだね。1kWスポットライトでも充分、明かりが点いているように見せかけることができた」

部屋の電灯が点いていなくても、窓から光が漏れてさえいれば、外から見ている人間は「明かりが点いている」と錯覚する。これなら部屋を出入りする必要もないわけだ。

「ひかるちゃんたちが踏み込んだところでスポットライトを隠す。トイレまで持って行ってもいいけど、向かいの部屋は鍵がかかってなかったから、あそこに隠れたのかもしれない。……これで、後には誰もいなくて鍵のかかった部屋が残される」

「最初に見たとき、影絵だったことに気をつけてれば、すぐ分かってたのに……」高島先輩が脱力して息を吐いた。「……おかげで噂を広めてしまいました」

「……幽霊じゃ、なかったんですね」秋野はようやく安心したようである。「よかった。私、立花先輩、幽霊になるくらい辛いこと、あったのかな、って」

秋野を横目で見てから、高島先輩はちょっと肩をすくめて言う。「まあ、立花先輩と仲の悪かった誰かが噂を流したんでしょうね。私たちが昨日、残るって聞いて、その人たちか、別の誰かが悪戯を」

「ま、そんなところだろうね」伊神さんはさっさと締めた。「さて、寒いからもう帰るとしようか」コートのポケットに手を突っ込んで背中を丸める。寒いのは苦手なようだ。

高島先輩は、伊神さんの背中にさっと頭を下げた。「ありがとうございました。おかげで助かりました」

「面白そうだから首をつっこんだだけだよ。……それに僕だけじゃない。きっかけをくれたのは葉山君だ」

高島先輩が僕を見る。ちょっと照れくさい。「僕、あんまり役に立ってませんよ」

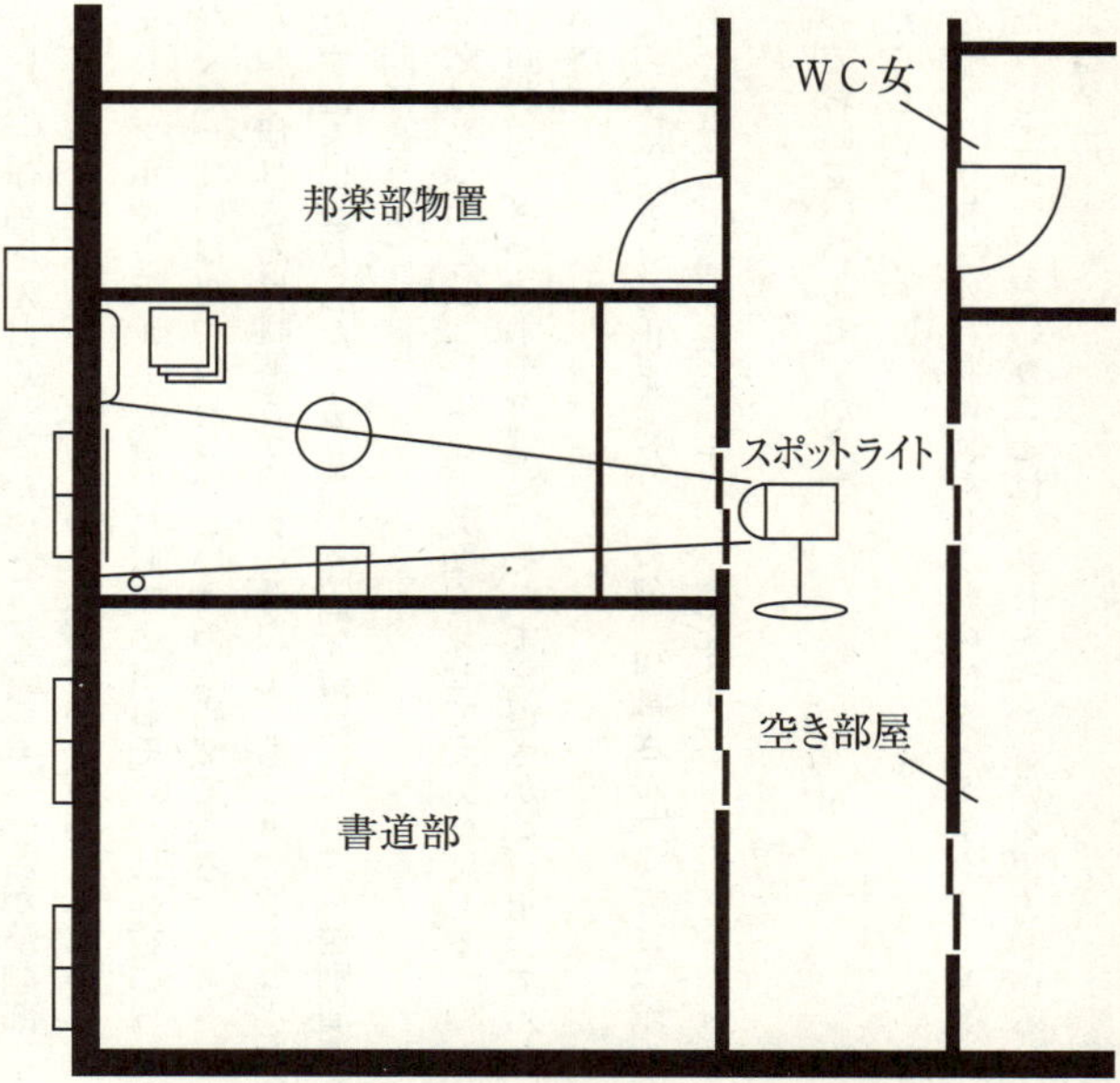
WC女
邦楽部物置
スポットライト
空き部屋
書道部

「そんなことはないよ」伊神さんはらしくないことを言った。「君が演劇部に入った泥棒の話を聞いてきてくれなかったら、こんなにすぐには思いつかなかったから」

あの泥棒はつまり、スポットライトを持ちだして……おそらくは昨夜のうちに戻しておいたのだろう。何もなくなっていなかったらしいというのも当然である。

「じゃ、お開きだね」伊神さんは謎解きが終わった以上、もう外で立ち話をしている気もなくしたようで、すたすたと歩きだした。去り際、高島先輩に言った。「送別演奏会まではまだ五十日もある。……間に合うよ」

「はいっ」高島先輩はちょっと眩《まぶ》しいほどの笑顔を見せて元気に応じる。

伊神さんは振り向かず、さっと手をあげた。そのまま遠ざかる。狙ってんじゃないかと思うぐらいきまっていた。

後に続きかけて、僕はふと立ち止まった。「あの、伊神さん」すでに本館の向こうに回っている伊神さんを追いかける。「帰っちゃっていいんですか」

「ん？」

「裏方の人、放っておいていいんですか？」

「あ」忘れていたらしい。

さっきの説明の中で、伊神さん自身は何もしないのにタイミングよく音楽が流れたり明かりが点いたり消えたりしていた。ということは、あれをやっている裏方がいるはずだ。

「……ミノですよね？」

「うん。忘れてたね。ははは」ひどい。この寒い中に忘れられていては、ミノもさぞかし心細いだろう。芸術棟の玄関まで走って戻る。

叫び声が聞こえた。

それからかすかに、何かがぶつかる音。倒れる音。

僕たちはぴたりと動きを止めて、顔を見合わせた。

「伊神先輩、今の……」秋野の顔にまた不安が走る。伊神さんが芸術棟に向かって怒鳴った。「三野君、どうした」

返答はなかった。伊神さんはもう一度怒鳴る。「三野君、もういいぞ。終わったから」

やはり反応はない。

高島先輩が玄関を覗きこむ。「中に、三野くんが?」

「裏方を頼んだんだよね。もう出てきていいはずなんだけど、さて」

物音はない。僕たちは誰からということもなく玄関に上がった。目を凝《こ》らすが、ミノの姿はない。

ミノを呼びながら進む。

「二階ですか?」

「そのはずだけど」伊神さんも不思議そうにしている。「あの物音は、さて」

二階に上がる。階段を上がって正面に、何かが黒いものがあった。先刻は見かけなかったはずだが……。

高島先輩が明かりを点けた。人が一人、不自然な体勢で横たわっていた。……ミノだ。

「ミノっ?」

駆け寄ろうとしてガラクタにすねをぶつける。けたたましい音が反響のよい廊下にこだまする。

「ミノ、おいっ?」

温かい。いやそんなことは当然なのだが、なぜかそれだけでほっとした。揺さぶるとびくりと反応して、ミノは凄い勢いで体を起こした。僕は顎に頭突きをくらって尻餅をついた。

「いて」

「いって」

ミノと二人、しばらく呻《うめ》く。高島先輩が駆け寄ってくる。「大丈夫?」

「いや、僕よりミノが」

見ると、ミノはぶつけた頭を両手で押さえたまま硬直していた。目をかっと見開き、口もだらんと開けたままだ。

「……おい」

声をかけた僕の方をぎょろりと見る。僕は思わずのけぞった。

「……ミノ?」

ミノは聞こえていない様子で、ぱっと背後を振り返る。途端、ミノはおうとかああとかよく分からない声をあげて飛びあがり、駆けだして伊神さんにぶつかった。

「何だ、おいミノ？」

しかしミノは聞かない様子で階段を駆け下りてゆく。

「……何だ……？」

僕たちはしばし呆然としていたが、やがて伊神さんが回れ右して階段に向かった。「どうもこれは何かあったな。面白い」

「いや、面白がっている場合では」僕も慌てて後を追った。芸術棟の中にミノの姿はなかった。僕と伊神さんは、再びミノを呼びながら歩く。

玄関の外。見回しても、やはりミノはいなかった。どこまで行ったんだ。

高島先輩と秋野が追いついてきた。「葉山くん、三野くんは」

「いや、僕にもさっぱり」

「怪我はしていないようだったけど」伊神さんが代わって答える。「どうも何か、えらく混乱していた……というか、逃げ出したように見えたね」

僕の視線を気にしてか、伊神さんは慌てて付け加えた。「僕は何もしてないぞ」

本館を回ってグラウンドを見渡すが、真っ暗でよく分からない。高島先輩が僕の脇を駆け抜けた。地獄の階段を駆け下りながら懐中電灯の光を走らせる。階段下で人影が動いたので、僕も先輩の後を追った。駆け寄ると人影は一瞬、びくりと身構えたが、今度は逃げなかった。

「ミノ、おい」

ミノは肩で息をしていた。

「どうしたんだ？　なんで倒れて」

皆、ミノは僕をぎょろりとした目で見る。明らかに目つきがおかしくなっている。皆、ミノをとりかこんで口々にどうしたのかと尋ねる。ミノはしばらくぜいぜいと呼吸をしていたが、すう、はっ、と大きく腹式呼吸をしてようやく落ち着いた顔になった。

「……葉山、見なかったか……？」

「何を？」

ミノはまた黙った。僕ではなく校舎の方を見ている。

「……見なかった、んだな。誰も」

「だから何をだよ？」

ミノは答えず、僕たちを振り払っていきなり裏門の方へ歩きだした。

「おい」

「……三野くん、どうしたの？」高島先輩が何か、切羽詰まったような声で訊く。「ねえ、どうしたの？」

「ミノ」

「俺、帰る。……冗談じゃねえ」ミノは震えていた。

「まさか」高島先輩はそこで言葉を切った。ミノが振り返る。

「冗談じゃねえ。いや、信じらんねえ」僕を睨《にら》みつけるように見る。「葉山、見なかったんだな？」

「だから、何を」

ミノは怒ったように言う。「……出たんだよ。『壁男』！」


「さて三野君、詳しく聞かせてもらおうか」

「失礼します。ご注文のほうはお決まりでしょうか」

「結構です」

「……」

「君はさっき壁男が出たと言ったけど……」

「あの、伊神さん」

「の、のちほど伺います」

ウェイトレスは混乱した様子で、ややどもりながらそう言って去っていった。

「伊神さん……」

……注文をとりにきたウェイトレスを「結構です」の一言で追い返す人を、僕は初めて見た。先回りして注文しなかったのは不覚であった。この人は喫茶店でもレストランでも平気でこういうことをする人だったのである。べつにケチなわけではなく、純粋に非常識に由来するもののようだ。伊神さんとしてはこの店に入ったのはミノの話をじっくり聴くためであって、飲食をするためではないのだった。

高島先輩たちもあまりのことに呆気にとられていて、注文する機会を逃した様子である。しかし伊神さんはぴくりとも動揺せずに座り直した。「校庭に突っ立っているよりは落ち着くだろう?」僕たちはむしろ落ち着かない。

伊神さんは身を乗りだして、平然と話を進める。「壁男が出た、というのは具体的にどういうこと? 姿を見たの足音を聞いたの?」

終夜営業の店である。夕食どきがようやく終わりかけた頃だが、客はまだそれなりに入っている。ミノがなかなか口を開かないので、伊神さんが「落ち着いて話を聴けるところに行こう」と言って、ミノを手近な店まで引っ張ってきたのであった。

「……具体的に、っつっても」ミノは眉間に皺を寄せて言葉を探している。「俺、伊神さんの言う通り二階に隠れて裏方やってたんすよ」

「うん。なかなかいい働きっぷりだったよ」

おいしいところはすべて伊神さんが持って行っている。しかしミノはまんざらでもないといったふうに鼻をこすった。「まあ、伊神さんのキュー分かりやすかったすから」

「その後、叫び声が聞こえたけど?」

「だからそこで見たんすよ」

さっきのウェイトレスが水を六つ、綺麗に揃えて持ってきた。無駄のない動作で配り終え、

「ご注文をお伺いしてもよろしいでしょうか」優雅な笑顔で言った。

「いえ、結構」

「あっ、あの、コーヒーを」高島先輩があたふたしながらも、やっとのことで注文を発した。

「オリジナルブレンドの方で」

ようやくウェイトレスの不自然な笑顔が消えた。「かしこまりました。オリジナルブレンドを六つ、ホットでよろしいですね？」

「いや、五つで」

伊神さんがウェイトレスに一瞥《いちべつ》もくれずに言う。ウェイトレスは今度は、僕たち五人にだけ笑顔をさしだして去っていった。

伊神さんはお構いなしに続ける。「見た、というのはどこに見たの？」

「伊神さん、コーヒーぐらい頼んでも。……向かいの第二別館です。……たしか三階の、渡り廊下のとこの部屋」

「CAI室(2)だね」すぐに答えるあたりはさすがである。伊神さんはどっかりと、椅子の背もたれに背中をあずける。「で、何を見たの」

「人が」ミノは何か思い出したらしく、視線をテーブルの上のグラスから動かさなくなった。

「いました。確かに。……首がなくて……」

「おいおい」東さんが言う。

「首がなくて、……いや見えなかっただけかもしんないすけど、シャツに赤く……」

伊神さんが平然と言う。「その程度の出血なら、死因は別かな。生体の首を切断したら、本

(2) Computer-Assisted Instruction 室の略。パソコンの端末がずらっと並んだ部屋。九〇年代半ばから各学校が先を争うように設置したが、金をかけたわりに使い道はなかった。

当に噴水みたいになるらしいね」

秋野が、やだ、と小さな声で呟いた。

「その首のない人は、立っていただけ？　何か、動いたりは」

「いえ」ミノの声は暗い。「……動いたように見えたすけど、気のせいだったかも」

「で、また消えたの？」

「いえ、そこまで見てないす」

「そこで叫んだわけだね」

ミノは黙って頭を掻く。「はい、叫びました」とは言いにくい。

しかし伊神さんは無遠慮に尋ねる。「倒れてたのはなんで？」

ミノは視線をちらちらと動かし、言いにくそうに「いや、まあ」ともぞもぞしている。ちらりと僕の方を見た。

「まあ、そこはとりあえずいいんじゃないですか」僕は伊神さんを遮った。ミノとしては、秋野もいるのにこういう情けないところは話したくないだろう。

「驚きのあまり失神した、とかかな？」しかし伊神さんはお構いなしだ。「それはまあ、恥ずかしくて言えないよね」一応は遠慮しているらしいが、逆にミノを追いつめている。

「いや、そういうわけじゃなくて」

「え？　じゃあなんで気絶してたの？」伊神さんは平気で訊く。

ミノは可哀想に、うなだれて小さな声で言った。「こけたんすよ。びっくりして」

「逃げようとして？」

「まあ、そうす」

「頭でも打ったか」

ミノは思い出したように頭に手をやった。

「病院、行った方がいいよ。頭はやばいって言うし」僕が言うと、ミノは憂鬱そうに頷いた。

「……畜生、情けねえなあ」

「いや、そんなの見たら誰だってびびるって」

「さてしかし、これはどういうことかな」伊神さんは腕を組んで椅子にもたれた。「ＣＡＩ室ねえ。幽霊は出そうにない場所だけど」

「お待たせしました」ウェイトレスがコーヒーを持ってきた。テーブルに出す間、殊更伊神さんに背を向けるようにしていた。またもや僕たちにだけ笑顔を見せる。「ごゆっくりどうぞ」

去りかけるウェイトレスを伊神さんが呼び戻した。「すいません、僕にも」笑顔で振り向くウェイトレスに、伊神さんは言う。「水のお代わりを」

ウェイトレスの背中に僕は慌てて言う。「あの、ほんと、すいません」ウェイトレスは笑顔で会釈する。唇の端がつり上がっていた。

しばらく誰も喋らなかった。コーヒーの湯気が静かにたゆたう。

東さんがぼそりと問う。「どういうことなんだ……？」

「どういうこと、も何もないすよ」ミノがすかさず言った。「あれはもう、見間違いとかそういうレベルじゃ、ぜんぜんなかったすよ」

「三野君、何かやってんじゃねえ？」東さんが腕に注射器を刺す真似をする。東さんは冗談のつもりだったようだが、ミノは大声で怒鳴った。「んなわけないでしょうが」

さっきのウェイトレスがこちらを見ている。高島先輩が慌てて、何度も頭を下げた。伊神さんはミノの腕に手を置く。「三野君、落ち着いて。店に迷惑だよ」

「……」ミノは絶句した。僕は吹きだしそうになるのをなんとかこらえた。

「どうにも奇妙だね。コーヒーが要る様相になってきた」伊神さんは僕のコーヒーを横から取ってひと口すすった。「……CAI室は真っ暗だったはずだよね。それなのに、どうして壁男の姿は見えたのかな。……苦いな」ざざあ、と砂糖を流しこんだ。「三野君の話によると、かなりはっきり見えたようだけどねえ」

「……そういや、なんでだ？」ミノも首を傾げる。

「まあ昔から、幽霊というものはなぜか暗闇でも見えるものと相場が決まっているけどね」

ミノは頭を掻く。「……でも、見えたんだよなあ」

伊神さんはまた僕のコーヒーをすすった。「他に何か、気付いたことはない？　こつこつ足音がしたとか」

「……いえ、それは」

「まあそうだろうね。CAI室は絨毯《じゅうたん》敷きだ」伊神さんは一人で納得して頷いている。「しかし残念だったなあ。あの時、三野君を置いて帰ろうとしてなければ、僕も見られたかもしれないのに」

「……帰ろうとしてたんすか」

「まあ、それは言葉の綾《あや》だけど」

べつに綾ではない。本当に帰ろうとしていた。

伊神さんは楽しげに言う。「……これはしかし、明日からまたやることができたな。葉山君、今度の事件の方が面白そうだよ」

「……面白そう、って……」また探偵をやるのか。

「やめとけよ。ヤバいよ」ミノの表情は真剣だった。「ヤバいって。噂、知ってるだろ」

「心配要らないよ」一方の伊神さんは、対照的に余裕の表情である。「幽霊なんて実在しやしないからね。……すいません」ウェイトレスを呼んだ。さっきのウェイトレスが、なにか決然とした表情で駆けつけてくる。伊神さんは僕のコーヒーカップを差しだした。「コーヒーのお代わりを」

もはや壁のように表情をなくしたウェイトレスを見送ってから、伊神さんは言う。「仮に壁男が本当にいて、怨霊か何かだったとしても」

「だったとしても、って」

伊神さんは僕を見て微笑んだ。「とり殺されるなんて絶対にありえないよ。もしそんなことがあるなら、ポル・ポトやスターリンがあんなに長生きするはずがないからね」

そんな遠大な理屈が学校の怪談なんかに通用するのか。しかし伊神さんは余裕で笑っている。

第三章　三日目の幽霊

翌日。ミノは学校には来ていたが、いつもと違ってほとんど喋らなかった。自分の席でむっつりと腕を組んで、じっと考え込んだまま。僕も何と声をかけてよいか分からず、結局、ミノとは放課後まで一言ぐらいしか言葉を交わさなかった。

一方の伊神さんは実に活き活きと登校した。我が校は一応進学校なので、この時期、受験中の三年生が授業を休んだところで特に何も言われない。それをいいことに三年生は週に一度くらいしか学校に来ない。はずなのだが、伊神さんは朝一番に来ていて、僕を教室で待っていた。授業には出る気がないようだ。

「CAI室に行ってみたけどね。特に何も変わったところはなかったよ。事務に訊いたところによると鍵もちゃんとかかっていたらしい」

一応、高価な端末が並んでいる部屋である。他の教室より一段、戸締りは厳重なはずであった。

「中も見てみたけど、血痕はおろか絨毯の毛足に乱れもない。誰かがいた痕跡はゼロだったんだよね」

「……そうですか」

「いや、おかしいでしょ？　噂じゃ壁男は足音をたてて歩いてる。まあ首なしのまま歩いて、その跡に血痕がまったく残らないのが奇妙といえば奇妙だけど、足音をさせて歩く以上、少なくとも足跡みたいなものは床に残ってなきゃいけないはずだよね」

「すべて噂の通り、とは」

「どうも、そのようだね」伊神さんは小菅の机に腰をおろした。「そもそも出現する場所が第二別館だ。しかし芸術棟で殺されて塗り込められた男が、第二別館に何の用があったんだろうね」

伊神さんはうふふ、と笑う。「これはしかし、いよいよ三野君が見たものを僕も見てみたくなってきたな」

また残るというのか。しかしミノの様子を見る限り、今度はしゃれにならなそうだ。僕は先回りして言った。「でも無理ですよね。芸術棟ならともかく、第二別館は事務の人が鍵、持ってるんですから。それにCAI室はいつも戸締りしてるし」

「そんなものはどうにでもなる」伊神さんはまったく動じなかった。「うふふ。こりゃ、今夜もまた遅くなるな」

いいかげん足がしびれてきた。しかし体勢を変えようとするたび、ごつ、と机に頭がぶつかってしまう。腕時計を見ると、現在午後四時五十七分。一応、こうしているのはあと三分程度でいいはずだ。体をうんと丸めて足先をひっこめる。

……僕は膝をかかえた姿勢で小さくなって座り、CAI室の机の下に隠れている。

第二別館の鍵はおいそれと持ち出せない。第二別館は午後五時に警備員が巡回して鍵のかかるところはすべて締めてしまうから、午後五時を過ぎてからでは外から入ることはできない。というわけで、僕たちは午後四時半過ぎにCAI室に忍び込み、戸締りが済んで誰もいなくなるまで隠れていなければならないのであった。問題はCAI室の構造で、人が隠れられるような場所がろくにないのである。壁際にはりついていてもいいが、これは警備員が部屋の中を覗いた場合一巻の終わり。端末の置いてある机の下、配線の隙間に体を小さくして入りこむしかなかった。一応これなら中を見回しても、机の下を覗かない限り見つかることはない。まあその分、万が一見つかった時は弁解のしようがない上、恥ずかしさも倍増するのだが。

隣でもごつ、という音が聞こえ、いた、という高島先輩の声が聞こえた。

「大丈夫ですか」

「大丈夫。私、ちっちゃいから。葉山くんの方が大変でしょ」

高島先輩も来ている。まあ、この人の性格上、自分だけ断ることはまずありえないと思っていたが。一方、ミノはもちろん秋野も完全に怯えてしまって、残れとは到底言えない状態であった。

「なんかさあ、凄く間抜けだよなこの姿勢」

逆隣にいるのは東さんである。秋野に代わってはこの人が来た。一昨日残らなかったせいで話に乗り遅れたからな、と本人は言っていたが、吹奏楽部では彼が「前回怖がって行かなかった」と噂されているらしいから、本心は汚名返上だろう。

そろそろ太陽が隠れる頃だ。もともと西日の入らないこの部屋はすでに薄暗くなっていたが、絨毯敷きにつるつるのパソコンデスクという現代的な装いのため、「逢魔が時」といった風情にはならない。

「なんだか、この部屋に幽霊が出たなんて信じられないね」高島先輩も言う。

しかし、と思う。これから真っ暗になるわけだ。昨日ミノが目撃したというのは八時過ぎだったから、少なくともその時間まではここにいなくてはならない。想像すると、これは少し気が重い。むろん怖いからである。

壁男はまさにこの部屋に現れたのだ。同じ部屋にいて大丈夫だろうか? あまり喋らずにじっと座っていると、どうしてもいろいろと考えてしまう。壁男がもし出現したら。どこから来るのだろう。ドアを開けて、いやすり抜けて入ってくるのだろうか。それとも、この部屋の壁から這い出てくるのだろうか。目の前にすうっ、といきなり現れるのかもしれない。それを目の当たりにしたとき、僕は怖気《おじけ》づかずにいられるだろうか。

……無理だろうなあ。だって、暗くなる前からもうこんなに怖がっている。「ひゃあ」とかいって悲鳴をあげてしまうかもしれない。いやそれならまだよくて気絶するかもしれない。壁男が襲ってきたら？　僕は想像する。体はきっと動かない。化け物に襲われる悪夢は何度も見たことがあるが、冷静に対処できたことは一度もなかった。逃げようとして転ぶのかな。歩けなくなって床をずりずり這うとか。……情けない想像が次々と浮かぶ。僕は自虐の快感じみたものと一緒にそれを飲み下した。まあ、少年漫画の主人公みたいに、突然現れた化け物と格闘するような蛮勇は望むべくもない。伊神さんは「仮に壁男が出たとして、四人もいれば取り押さえられないこともないと思うよ」などと言っていたが、実際にそんなものが出たら、はたして何人がまともに行動できるだろうか。しかしもし壁男と対面したとしたら、一番頼りにならぬ人間は間違いなく自分である。その点に関しては妙に自信があった。

「静かに。……来たよ」

伊神さんの声がした。僕はちょっとびくりとしたが、来たというのはむろん壁男ではなく巡回の警備員である。こつ、こつ、と足音が近づいてくる。午後五時。この警備員が最後に見回りをして、第二別館の扉すべてを施錠して帰る。その後はもう朝まで誰も来ないはずで、この警備員をやり過ごせば後は自由になるのである。

警備員の足音が大きくなる。僕は意味なく息を止める。足音がドアの前で止まり、がたがたとドアが揺すられる。あれは鍵をかけている音だ。かたんと音がしたのを最後に、足音は遠ざかりはじめた。ふっと息を吐く。

かたあん、きい、ばん。と、遠くの方でかすかに音がする。おそらく、第二別館の玄関が閉められた音だろう。

「お疲れ様。もう出ていいよ」

伊神さんの声がした。皆、映画を観終わったときと同じくああとかううとか呻きながら机の下から這い出る。「お、腰が痛い。僕はもうおっさんかな」伊神さんが笑った。

「これで今、第二別館は密室ですね」

「そういうことになるね。……一応、戸締りをチェックしておこうか。それに、他に誰かいないかもチェックしたいな」伊神さんは部屋のドアをさっさと開けた。

遠慮しようがどうしようが、なぜか僕はこういう時いつも連れ出されるのである。助手か何かだと思われているらしい。僕は伊神さんにくっついて第二別館を上から下まで歩いた。伊神さんは抜け目なく、トイレなどもすべてチェックしていた。

暗くなった廊下を進む。上履きのきゅっ、きゅっという音がよく響く。先刻はそれほど感じなかったが、やはり日の落ちた校舎というのは、多少建物が新しくても不気味なものらしい。この建物は芸術棟と違って壁も床もまだ綺麗であるが、何か出そうだと考え始めてしまうとやはりおっかない。

「この壁に誰かが塗りこめられてる、っていうのは信じられませんね」

「ぱっと見はね」伊神さんは僕を怖がらせようというのか、妙に真面目な顔をしている。「古い壁だから何か入っている、とは限らないよ。この壁の厚さなら、うまくやればほとんど痕跡を残さずに、人の一人くらい入れられる」

「やめてください」

「いや、壁男が塗りこめられている建物というなら、芸術棟よりこっちの方が相応《ふさわ》しいかもしれない」伊神さんは壁をさすりながら歩く。「この建物ができた頃……まあ十七、八年前だね。バブルの時代っていうのは、新しい建物がたくさんできたから、この手の怪談が特に多く生まれた時代なんだ。新しくできたあの建物は建設中、近くで殺された人が塗りこめられたまま、誰も気付かずに完成してしまったらしいぞ……と、こういう具合にね」

「……壁男も、ありふれた話……なんですか」

「ありふれているかどうかは分からないけど、怪談にありがちな要素を含んでいるのは確かだね」

「……ありがちな要素。……スプラッターなところとかですか」

「それもある」伊神さんは僕に頷く。「それ以外にも、たとえば壁男の足の速さだ。口裂け女然《しか》り、テケテケ③然り。現代の怪談に出てくる怪物っていうのは、決まって足がおそろしく速い」

「……そういえば。なんででしょう」

「こういう言い方をすると身も蓋もないんだけど、要はその方が怖いからだろうね。足が速い、という設定にしておけば、出会ってしまったら走って逃げても無駄、という恐怖感を与えられる」

「……なるほど」

そういえば、足の速いものというのはそれだけで不気味さが割増しになるようだ。ゴキブリやゲジゲジももう少し動きがゆっくりしていればここまで怖くないのに、という意見もそこそここで聞く。

「加えて『耳を澄ましていれば足音が聞こえ、出会う前に逃げられる』という具合に対処法がちゃんと示されている点だ。これも怪談の特徴だね」

「……それは、どうしてなんですか？」

「いや、これは分からない」伊神さんは腰に手をやり、斜め上を見上げながら喋る。「ただ僕が思うに、対処法なんていうものは最初からあったわけじゃないだろう。話が広まるうちに後で付け加えられるのが普通だろうね」

「尾鰭がつく、っていうことですか」

「少し違うけど、まあそんなものだね。怪談がある程度、噂として広まった状態を想定しよう。そうなると、新しく口コミに参加する人は、同じ話を繰り返すのが嫌になる。僕みたいなひねくれ者が出てくるわけだ」

「いえ、べつにそんな」

「あるいは、口裂け女の話を一度、友人にした人間がいるとする。彼乃至《ないし》彼女は勿論、また同じ相手に同じ話を繰り返すわけにはいかない。でも周囲は、自分がした話で盛り上がっている。

（3）「冬の北海道で列車に轢かれ上半身と下半身が切断された少女が、低温のためすぐには失血死せず、しばらく自分の下半身を探して這い回ってから死んだ。その後、上半身だけの少女が自分の下半身を探して現れるようになり、出会った人間は脚を引き抜かれる」……という話。全国的に広まり亜種・変種が多数創られた、都市伝説の名作の一つ。

そこでもう一度『口裂け女って、床屋に逃げ込めば追ってこないらしいよ』と言って注目を集めたいと思うのは、自然な心理だと思うけどね」

「……付け加えられたのは、立花さんの部分だけじゃない……？」

「そう。ついでに言うと、怪談のこの属性は、特定の話がある程度人口に膾炙《かいしゃ》してからでないと現れない。……つまり、僕や君が聞いた時点で、壁男の話もある程度広まっていたというわけだね」

なんとなく怖さが減った気がする。伊神さんがこの手の話を怖がらないのも、こんなふうにいろいろと分析する癖があるからなのかもしれない。

「ま、僕個人としては、怪談や都市伝説なんてものは人のちょっとした悪意とか色気の集合体に過ぎないと思ってる。誰にでもあるちょっとした……たとえば目立ちたい、とか、知ったかぶりたい、とか、他人を怖がらせてやろう、といった感情が集まって、綿埃みたいに形をとったものだ、とね」

伊神さんはそこまで喋ってから、僕を見ておや、という顔をした。「あれ、怖くなくなっちゃったみたいだね」

「ええ。少し」

「それはつまらないなあ」伊神さんは声色《こわいろ》をいきなり変えた。「……まあ今言ったのは、壁男が作り話だった、っていう前提での話だよ。今回はどうも、それとは違う雰囲気がある」

「やめてくださいよ」

「いや、何かしら予感がある」伊神さんは真面目な表情で言う。僕を怖がらせようとしているだけだと思うのだが、はたして本当にそれだけなのかどうか。どうしても不安になってしまう。僕はまた落ち着かなくなってきょろきょろとあたりを見回した。廊下の壁に人の顔らしきものが見えたような気がして、僕は思わず立ち止まった。

「どうしたの」

「いえ……何でもないです。すいません」

伊神さんはくすくすと笑う。「そこの壁に人の顔でも見たかな?」

「……まあ、ええと、そんな感じでして。気のせいなんですが」

「素直だね君は」伊神さんは壁をこつこつと叩いた。「……ゲシュタルト心理学というのがある。それによれば人は、一つ一つは何でもないような複数の刺激を組み合わせて意味あるものを発見しようとする。たとえば今君がやったように、一つ一つ見ると何でもない壁の染みが三角形に並んでいれば、それに『両目と口』という意味を与えようとする。人の顔っていうのは、赤ん坊の頃から僕たち人間が最も鋭く反応する刺激の一つだからね。……君が三角形に並んだ染みを見て人の顔に見えた、っていうのは、人間としては至極《しごく》当然の反応なんだ」

「……なるほど」伊神さんはこういう説明を淀みなくする。しかも全体の構成を考えながら抑《よく》揚《よう》をつけて喋る。ただものではなかった。

「まあ、『幽霊の正体見たり枯れ尾花』っていうのと同じようなものだよ」

また少し安心して頷く僕を見て、伊神さんはしまった、と漏らした。「また怖さを減らしちやったな」

　なるほど、こういう悪意が怪談を生むのだな、と、僕は妙に納得した。

　戸締りにぬかりはなかった。もちろん人影もなかった。

「これで、この建物は今、足音や声なんか聞こえるはずがない状況だということが確認された」

　伊神さんの言い方にはどうも、わざと緊張感を高めるような意図が感じられる。

「現在、午後五時三十七分。とりあえずこのまま、午後九時ぐらいまで待つことになる」

「……長いですね」

「百物語でもしてようか」

「嫌ですよおっかない」

「ま、あまり他のことに集中していて、せっかくの足音を聞き逃したりしたらたまらないからね」伊神さんはどうしてもおっかない言い方をする。本人は、何か出てくれることを切に願っているらしい。

「暗くなりましたね」

「東、懐中電灯持ってきてたよね」

　高島先輩に言われ、東さんが懐中電灯を出す。「吹奏楽部《ウチ》の物置にあったすけど……伊神さん、点けていいんすか」

「やめておこう。せっかく現れた壁男が逃げた、ということになったらもったいない」

伊神さんはやはり、暗いまま待つ気らしい。

時間はゆっくりと過ぎた。部屋が真っ暗になり、徐々に寒さが沁みてくる。高島先輩が途中で暖房を点けた。伊神さんは二度ほど、見回りに行ってくると言って出て行った。僕は寒いからと言って、今度は同行を免《まぬが》れた。暗闇と静寂。伊神さんはよく一人で歩き回れるものだ。僕など教室にいて伊神さんの足音を聞いているだけでも不気味に感じるのに。

六時になり、七時を過ぎた。僕たちは最初、控えめにぽつりぽつりと言葉を交わしていたが、じきに普通のテンポで喋るようになった。七時二十分を過ぎたところで高島先輩が「あっ」と立ち上がった。僕たちはびくっとしたが、先輩は窓の外を指して「雪が降ってきたよ」と言った。今年最初の雪は単発にぱらりぱらりと舞うだけだったが、暗闇の中で雪の舞い降りるのを見て、僕はなんとなく神秘的なものを感じた。

八時を過ぎ、八時半を過ぎた。いいかげん待つのに疲れてはいたが、誰も「帰ろう」とは言いださなかった。雪がまだ降っているので出て行く気分にならない、というのもあるのだろうが、我慢比べのように「言いだした奴が負け」という雰囲気になっているようだ。

九時をまわり、雪が止んだ。それが現れたのは、いいかげん「あとどれくらいいますか」とでも切りだしてみようかと思い始めたときだった。

まず東さんが、ぴたりと動きを止めた。

「……どうしたんですか」

東さんは「しっ」と僕を制した。「……聞こえる」

東さんに視線が集まる。

「……東君、どうした」

「何か……何だ？」東さんは一人で言う。「……足音が聞こえます」

「なに」

「静かに！」

東さんが顔を上げ、窓の外を見た。

そして、そのまま静止した。

「東？」高島先輩に、東さんは固まったまま言う。「……高島、窓の外……！」

東さんが指さした方向を見た。正面にあるのは芸術棟だ。窓が開いている部屋があり……

それは、そこにいた。

人影。白い服に何か模様がついて……首がない。

高島先輩が悲鳴をあげた。けたたましい音をたてて椅子から転げ落ちる。東さんは金縛りにあったように動きを止めていた。

人影。……着ているのはここの制服のようだ。しかし胸から上が赤くなっている。……血、だろうか？

体が動かない。まばたきすらできない。呼吸をしているのかどうかも分からなかった。すべて麻痺している。恐怖心すら麻痺しているのか、僕は何も感じなかった。

東さんが窓に歩み寄る。それを押しのけて、伊神さんが窓を開け放した。

その時、僕は見た。……首のない人影が、動いた。手招きをしたのだ。

東さんが絶叫した。高島先輩の悲鳴がそれにかぶさる。椅子が一つヒステリックな音をたてて転がった。高島先輩がぶつかったらしい。

そして人影は、ふっ、と消えた。

僕の隣の伊神さんが、震える声で呟く。「……こいつは凄い……！」

「伊神さん……」

伊神さんはベランダに身をのりだし、熱にうかされたようにぶつぶつと言っている。「見事だ……動きやがった！　……しかもちゃんと首なし、ご丁寧に血糊つきだ！　あの部屋は密室なんだろうな？　そうでないと困る。……密室……『青の部屋』[4]……いや違う！　鏡を置く場所なんてない……ああっ、消えちまった……もう少し、もう少し見せてくれ……！」

いつもの口調から一変している。伊神さんまでおかしくなったか？　壁男にとり憑かれたか。

伊神さんが東さんから懐中電灯をひったくってスイッチを入れる。しかし懐中電灯は光らなかった。「むっ、点かない。だめだなこれは」何度かスイッチをいじっていたが、諦めたように顔を上げた。懐中電灯は僕の方に放ってよこした。

身をひるがえす。「見てくる」

「伊神さん」高島先輩が立ち上がろうとして傍らの机に手をつく。しかし力が入らないようで、

(4)　ハリー・ケラー作、ステージマジックの傑作。観客に気付かれないように鏡を設置しておき、鏡像を実物と思わせることで鮮烈な現象を自在に起こす。

腕全体がぎくぎくと大きく動いていた。「……私も……行きます……」

「高島、ヤバいよ。よせ」東さんが言う。

高島先輩は手をすべらせてまた倒れた。「いたっ」

「高島先輩」凄い音がしたが大丈夫か。駆け寄って傍《かたわ》らに膝をつく。高島先輩は座り込んだまま震えていた。

「大丈夫ですか」

高島先輩は僕をちらりと見る。絨毯についた両手を握りしめ、それから再び机を摑んで、今度は立ち上がった。

「高島先輩」

高島先輩は僕を見て、しばらくして絞り出すように言った。「……ごめん。動けないの……」

唇を噛んだ。「……馬鹿みたい……」

その様子を見て、僕は急速に落ち着きが戻ってくるのを感じた。つまりこれは、自分より怖がっている人を見たから自分は怖くなくなったということらしい。

「無理しなくていいよ。たくさんいても邪魔だし」いつの間にか伊神さんが戻ってきていた。

高島先輩は弾《はじ》かれたように振り返る。

「でも、」

「こんなのまで部長の仕事っていうわけじゃないでしょ」

「……」

伊神さんは高島先輩の視線を一つ頷いて受け止め、それから何事もなかったかのように窓の外に目をやる。

「……窓が開いているな……。東君、動ける？」

「無理」東さんが即答する。「つうか、ヤバいっすよぁれ」

伊神さんが頷く。「じゃあ東君。ひかるちゃんとここに残って。窓から目を離さないようにね」それだけ命じると、伊神さんは二人の反応を無視してさっさと出て行ってしまった。

廊下から伊神さんの声が聞こえる。「葉山君、君はこっちだ！」僕はほとんど反射的に後を追って駆けだした。

「葉山っ」東さんに呼び止められる。

「見てきます。高島先輩をよろしくお願いします」

「分かった。ここにいるからな」

廊下の彼方から伊神さんがまた呼ぶ。「葉山君、何してる？」

「今行きます」

……やっぱり、つきあわされるのは僕なんだな。

僕はちょっと苦笑した。でも、それは信頼されているということなのかもしれない。だとすれば、やっぱり行かないとならないだろう。壁男が襲ってくるかもしれないとしても。

部屋を駆けだす。伊神さんが戻ってきた。「葉山君、早く来い」

「はいっ」

僕は素早く応じた。しかし伊神さんは言った。「いや、べつに君が来なくてもいいんだった。芸術棟の鍵を渡してくれれば」

僕はずっこけそうになった。

「ん？　どうしたの？」思わず膨《ふく》れっ面《つら》になった僕を見て、伊神さんは怪訝《けげん》な顔で問う。

「いえ、べつに」答える義務なんかあるもんか。

運動不足のはずなのに伊神さんの身は軽い。十三段の階段を最上段からふわっ、と飛び下りたりするから、僕はとてもついていけなかった。ぜいぜい息を吐きながら必死で走る。渡り廊下には鍵がかかっている。外に出て、玄関から入るしかない。伊神さんはばあん、と景気のいい音をさせて第二別館の玄関扉を開け放した。警備会社の人が来ませんように、と祈りながら、僕も伊神さんの後に続く。

芸術棟の玄関に回る。人影があった。

「おっと」伊神さんは人影にぶつかりそうになって、ひらりと真横に飛びのいた。人影は短く悲鳴をあげた。

「……えっ、伊神さん？　なんで？」

聞き覚えのある声。なぜか、そこにいたのは柳瀬さんだった。

「……柳瀬さん？」

柳瀬さんは僕に気付いてこちらを見る。「葉山くん……」

しかし伊神さんは無視して僕を振り返る。「葉山君、鍵を早く」

「あ、はいっ」僕は走っていって玄関扉に飛びつく。やはり焦っているのか、いつもならすぐに開けられる鍵がなかなか開かなかった。

ようやく鍵が錠と嚙み合う。僕は力一杯扉を押し開けて玄関に飛び込んだつもりだったが、玄関扉は何かに引っかかって開かず、勢いあまって正面から扉に激突した。「あいて」目から火花が出てふらつき、尻餅をついた。

「葉山君、何やってるの君は」

「いえ、開かなくて……」

伊神さんが扉を押す。扉は約十センチだけ開いて、がつんと何かにぶつかって止まった。伊神さんが体重をかけて押しても、それ以上は動かなかった。

「どうもこれは、何かが引っかけてあるな」

「あれっ、そうですか？」柳瀬さんが駆けてきて玄関の扉を揺する。やはり何かがつっかえているようで開かない。「……おかしいなあ。さっきは……」

伊神さんが反応する。「さっき？」

「あっ、ええと、その」柳瀬さんはなぜか口ごもった。「まあ、それは置いておいて」

どういうことなのだろう。いや、そもそも柳瀬さんはこんなところで何をしていたのか。僕は柳瀬さんに尋ねようとしたが、伊神さんは壁男のもとに急ぐことを優先させたらしく、「まあ、それは後で訊こう」と言って玄関に向き直った。

伊神さんは約十センチの隙間をじっと見てから、僕を振り返る。「葉山君、君はどちらかというとスリムな方だよね。ここから『にゅるん』と入れない？」

「無理ですっ」そんな気色悪い人間がいるか。

「では別の入口を探すか。葉山君、そっちへ回って。柳瀬君、物置の鍵は持ってる？」

「はい」柳瀬さんがポケットを探る。

「じゃ、葉山君と一緒に行って」言うが早いか、伊神さんはもう駆けだした。

伊神さんに言われた通り、建物の東側へ回る。こちら側には部屋がないから出入り口になりそうなところもほとんどない。トイレの窓は小さすぎるし階段踊り場の窓は鍵がかかっていた。

建物の裏側から伊神さんの声が聞こえた。「非常口が開いていたぞ」

北側の非常口だ。僕と柳瀬さんが回ると、すでに伊神さんは踏みこんでいた。

柳瀬さんが僕の服を引っぱる。「葉山くんちょっと、どういうこと？　これ何があったの」

どう答えたものかすぐには判断できず、僕はちょっとうろたえた。確かに柳瀬さんとしてはわけが分からないだろう。説明している暇はないが、しかし何も言わないままこの人まで連れて行っていいものか。

「いや、まずいだろ」僕は一人で言う。壁男に出くわしたらどうするのだ。僕は拳骨で頭を叩いて、柳瀬さんに言った。「すいません、ここで待っていてもらえますか」

僕の緊張感が伝わったのか、柳瀬さんはややあたふたと頷いた。僕は全速力で非常口に飛びこんだ。

一階の非常口は講堂の隅っこに開いている。普段は吹奏楽部の占有《せんゆう》空間で、それも一番奥になるからこちらから入ったことはまだ一度もない。ここは楽器の搬入口《はんにゅう》とされているようで、比較的綺麗にスペースが確保されていた。それでも傍らの木琴だか鉄琴だかに肘《ひじ》をぶつけた。壊していませんように。

夜の講堂は広い上に完全な暗闇で、出口がどこにあるのか分からなかった。闇そのものがぶわっと襲いかかってきて、僕を飲みこむ感触があった。街の明かりでそれなりに物が見えた屋外よりさらに暗いので目が慣れず、僕は一瞬、浮遊しているような感覚を覚えた。何もしていないのにバランスを崩し、転びそうになる。僕はすり足で慎重に進むことにした。

いつも見ている講堂にいるはずなのに、独《ひと》り火星の上を歩いているような孤独感があった。この闇のどこかに壁男がひそんでいたらどうだろう。壁男に飛びかかられる感触を想像する。正面から来るのか、斜め前かあるいは背後からいきなりか。しかし恐怖はさしてなかった。完全な暗闇になるとかえって怖くないものなのだ、ということを僕は知った。

どこまでも続くように感じられた暗闇は意外にもあっさりと終わった。目指す廊下側の扉の上、非常口を示す緑色のランプが正面でちらりと光った。切れていたらしい。ランプはすぐにまた消えたが、闇はそこまでだった。

講堂の扉を開ける。廊下はやや明るかった。月は出ていないが街の明かりがなんとなく届くようで、東側の窓からうっすらと光がさしている。暗闇に目が慣れてきたから物の輪郭ぐらいは分かる。

「伊神さん」小声で囁くが返事はない。人影を見たのは三階だ。伊神さんは、三階まで迷わず上ったのだろう。

耳を澄ます。階段上からはことりとも物音がしない。伊神さんが行ったはずなのだが、どうしたのだろう。いないのだろうか。いや。

薄明かりとともに恐怖もざわりとよみがえる。伊神さんはもう殺されたのではないか。壁男は伊神さんをとっくに殺して、息をひそめて僕を待ち伏せしているのではないか。周囲を見回す。ガラクタのせいで物陰が多く、どこを見ても壁男がひそんでいるような気がする。右横のガラクタの陰に何かがいる。今、男子トイレの中で何かが動いた。講堂の扉の裏側に何かがべったりとはりついている。気のせいだと分かっていてもそう感じる。

……壁男なんているわけがない。そうさ。冷静に考えてみれば、あんな話、現実に起こるわけがない。人が殺されて壁に塗りこめられた？　それはあるかもしれない。でも、死んだ人間が動くなんてありえない。この建物は建てられて何十年と経つ。死体はとっくにミイラ化ないしは白骨化しているはずで、血がしたたっているなんてありえない。壁から這い出てきて人を襲う？　そんな馬鹿な。どうやって壁から這い出るのだ。壁に傷一つ残さずに出てこれるものか。人を襲う？　首なしでどうやって獲物を見つけるというのだ。……あるわけが、ない。

こんなことを考えても無駄なのは、うすうす気付いていた。あるわけがない、というのは怪談に関しては当然のこと。首なしでバイクに乗れるわけがない。膝の中でフジツボが育つわけがない。だが、あるわけがない、では、恐怖はなくなってはくれないのだ。あるわけがない、だけど、もしあったらどうしよう、というのが怪談の本質なのだから。僕は落ち着かない。壁男なんてあるわけがない。でも、もしあったらどうしよう。

恐怖をなんとか紛らせなくてはならなかった。そうだ、今の状況を作品にすることを考えよう。絵だとどうか。真っ黒の背景に僕がひとり立っている。僕の姿は小さめにして孤独感を強調する。さらに恐怖の表現として頭部を塗りつぶすとか変形させる。いやこれでは僕が壁男みたいだ顔はつけよう。僕の表情は今みたいにがちがちになっていて、顔の大きさはそれがぎりぎり分かるくらいにする。鑑賞者によって異なった表情に見えることが大事だ。その背後にぴったりともう一つ人影。「うわあ」僕は勝手に怯えて背後を振り返った。だめだじゃあ立体で。直立不動の僕。視線はやや斜め上で目は恐怖に見開かれている。体の緊張と表情で恐怖に射抜かれた一瞬を表現しなくてはならない。視線の先に何があるのか鑑賞者に想像させるように。そしてその背後にぴったりともう一つ人影。「うわあ」やっぱりだめだった。

「ええい、もういいっ」何を叱っているのか分からないが僕は何かを叱って、もうどうでもいいやとばかりに階段を二段飛ばしで上り始めた。怖いと思う前に進めばいいのだ見る前に飛べ。階段を上りながら考える。仮に壁男が待ち受けていても、最初に遭遇するのは伊神さんだから襲われるのも伊神さん。伊神さんの断末魔を聞いたら引き返しゃいい。伊神さんがもう殺されてるなら壁男はとっくに満足して壁に帰っただろう。だから僕はどっちにしても大丈夫なのだ。ひどいことを考えているはずなのだがその自覚はなかった。

二階から三階へ続く踊り場で伊神さんに襲われた。いやべつに伊神さんは何もしておらずただ「葉山君、柳瀬君は」と訊いてきただけなのだが、不意打ちだったのも手伝って僕は「うわあ」と叫んでしまった。

「人の顔を見て『うわあ』は失礼だよ。……柳瀬君は？」

「それは」

「葉山くん」

いきなり背後の至近距離から柳瀬さんの声がしたので、僕はぶっ叩かれたような衝撃を受け、その場でそり返った後、がっくり膝をついてしまった。衝撃で失禁しなかったのは僥倖《ぎょうこう》であった。首を回して後ろを見ると、柳瀬さんがここまで来ていた。柳瀬さんは僕の肩をつかむ。

「葉山くん、芸術棟なんか、うろうろしない方がいいよ。壁男に出会っちゃうよ」

「いや、その」

「壁に押しつけられて潰されちゃうよ？」

「ニコニコしながら言わないでください」

「まさにその壁男に会いに来たんだけどね」伊神さんが宣言する。「ところが、それらしい姿はどこにもない。……まあ、来てみれば分かるよ」

柳瀬さんは僕と伊神さんを見比べる。伊神さんは三階に姿を消した。

「……葉山くん、これはどういうことなの。何があったの？」

壁男が出まして、と言いそうになった。「後で説明します。とにかく、三階に」

「うん」柳瀬さんは頷いて、僕を見下ろす。「でも立てる？」

「立てます」立てた。助かった。

柳瀬さんはにやりと笑う。「ごめん。びっくりさせちゃったね。……おんぶしていってあげようか？」

「大丈夫ですよ」僕は一段飛ばしで階段を上がる。

「可愛いなあ」柳瀬さんは後ろで笑っている。壁男を見ていないとはいえ、この人の落ち着きぶりもまたかなりのものである。

三階。壁男は出なかった。伊神さんは階段を上ってすぐ脇の部屋にはりついて、中を覗いていた。

「この部屋は演劇部の物置だね」

「はい」

「柳瀬君、鍵を」

柳瀬さんは西部劇のガンマンみたいに素早く鍵束をポケットから抜いて、伊神さんに投げてよこす。鍵を受け取った伊神さんが僕を振り返った。

「期待通りだったよ。入口の戸には鍵がかかっていた」戸を揺すってみせる。戸には新たにボルトが打ち込まれ、巨大な南京錠がぶら下がっていた。

「部屋の中……は？」

「見たところ誰もいない。もう少しよく確かめてみよう」

伊神さんが戸を開けた。真っ暗ではあるが、動くものがないことは分かる。

そのとき僕は、ふっと一瞬、何か気になる臭いを嗅いだ。何の臭いだろうかと考えてみたが分からない。これまで嗅いだことのある臭いなのかどうかすら分からなかった。よく嗅ごうと思ったところで、臭いはすでに消えていた。

伊神さんが電灯のスイッチに手を這わせる。パチパチとスイッチを動かしたが、明かりは点かなかった。

「……おかしいな。切れているのかな」

「あれっ、そうですか?」柳瀬さんが手を伸ばし、同じようにスイッチをいじる。やはり点かない。

嫌な想像がまた浮かんだ。「あのう、そういえば懐中電灯も点きませんでしたよね」

伊神さんが振り返る。

「君が考えているより、もっと現実的な可能性がある」伊神さんは僕を押しのけて部屋を出て、渡り廊下の方へ回った。

ばつん、と音がして、部屋に明かりが点いた。ワンテンポ遅れて廊下の蛍光灯もまたたき始める。伊神さんは廊下のアンペアブレーカーを上げたらしい。スイッチに指をかけたまま僕に言った。「やっぱり、こいつが落ちてただけだったよ」

演劇部の物置は狭い。その狭さゆえに際立って不可解だった。こんな雑然として狭い部屋に、人が隠れる場所などあるわけがないからだ。

伊神さんは器用に足元のあれこれをかわしながら窓際に進む。「やっぱり窓が開いているね。ここが一番の問題点だな」窓から身を乗りだして、第二別館に手を振った。ややあってCAI

室に明かりが灯った。高島先輩と東さんが窓際にいて、こちらを見ている。伊神さんが振り返った。「あの二人に詳しく話を聞かないとね。葉山君、柳瀬君と一緒に行って、あの二人連れてきて」

「え、伊神さんは」

伊神さんは部屋を見回す。「僕はまだちょっと、いろいろ調べてみたいから」CAI室の窓が開いているはずだったが、伊神さんはなぜかジェスチャーで何事か示している。うまく伝わったのかどうか、CAI室の明かりが消えた。窓の閉まる音が聞こえた。

伊神さんが僕をせかす。「ほら葉山君、迎えに行って。あの二人だけじゃ入って来れないでしょ」なんだか、不思議なほどせっかちだった。

柳瀬さんはなにしろまったく事情が分からないのである。芸術棟を出るまでの間、僕はたて続けに訊かれた。

「……どういうことなの。なんでみんな、こんな時間にいるの？」

「ええと」

「あれCAI室でしょ。どうやって入ったの？」

「いえ、まあ」

「壁男に会いに来た、って言ってたけど、それどういうこと？」

「ええとまあ、つまりそういうことなんです。はい」

我ながらまったく要領を得ない答えに対し、柳瀬さんは要領よく反応した。「壁男に会うために残ってたわけ?」

「……はい」

柳瀬さんは立ち止まって階段の上を振り返る。「……出たの?」

「……ええと、それは……」柳瀬さんは僕をじっと見る。「……出ました。はい」

「げっ」ぎくりとして振り返る柳瀬さんに、僕は慌てて言う。「いえっ、あの、出たように見えただけなんです。それにもう大丈夫ですから」

柳瀬さんはしばらく沈黙していた。それから、やにわに笑顔になって僕に飛びついてきた。

「うわっ、あの」

僕がうろたえている間に柳瀬さんは離れ、今度は僕の肩をすぱあん、と一つ叩いた。「恰好いいぞ、少年」

「はあ」一体どこが? しかし柳瀬さんは一人で「きゃー」などと盛り上がっている。

「あのう」

「さ、行こう」柳瀬さんはがば、と僕の腕を取って引っ張る。なんだかよく分からないが、向日葵《ひまわり》のように明るい笑顔であった。

非常口を出て表に回ったところで、嫌な予感を覚えた。さっきは何もなかった第二別館の前に、いつの間にか車が停まっている。第二別館の玄関にも明かりが点いていた。

……やばい。

「葉山くん、この車もしかして」

逃げようかとも一瞬、考えた。しかしもともと、高島先輩も東さんも僕が声をかけたのだ。僕だけ逃げるのはちょっといただけない。僕は柳瀬さんに言った。

「……やばいですね。あの、とりあえず柳瀬さん、このまま帰るとか、どっか隠れるとか」

しかし柳瀬さんは斜め下を向いてちょっと考えたあと、僕の腕に手を回した。「いや、出頭しよう」

警備会社の制服を来た男が二人いた。若くて細長い男と初老の小柄なおっちゃんの二人である。おっちゃんの方が僕たちを見つけ、大股で接近してきた。「おい、君たち何やってるの」

「あのう、これ、どうしたんですか?」柳瀬さんは声優よろしく、これまでとはうって変わって可愛らしく、無垢《むく》を装った声になっていた。これがミノの言っていた柳瀬さんの必殺技、通称「おっさん殺し」らしい。

しかしおっちゃんは動じない。「君たちはどこにいたの?」

「帰る途中でした。えへ、遅くなっちゃった」僕の腕にひっついて、柳瀬さんはいけしゃあしゃあと言う。

おっちゃんは僕と柳瀬さんを見比べてちょっと眉をひそめたが、やれやれ、といった様子で溜め息をついた。「分かった。早く帰りなさい」

しかし柳瀬さんは退《ひ》かない。第二別館の方を興味津々といった表情で見る。「あの、事件ですか? 小父《おじ》さん、もしかして刑事さんですか?」

やりすぎじゃないかと思ったが、おっちゃんは照れたように頭を掻く。「いや、事件というわけじゃないよ。私は警備会社の者だ」

中から声がした。「森《もり》さん、いました二人」見ると、若くて細長い男の方が高島先輩と東さんを連行してきたところだった。やっぱり見つかっていたらしい。

「どこにいた？」

「廊下に。下りてくるところでしたが」

「その二人だけだな？」

「そのようですね」

高島先輩は掌《てのひら》に乗るぐらい小さくなっている。東さんは顔をしかめて斜め下を向いていた。

……まずいぞこれは。さて、どう説明したものか。第二別館に忍び込んだ、ということになると、じゃあなぜなんだ、という話になる。ありのままを話して納得してくれるだろうか？　それに、CAI室にいたことは絶対に言えない。あそこは高価な物が置いてあるから、警備会社も見逃すわけにはいかないだろう。

おっちゃんと若い男は小声で話している。

「ここの生徒だな」

「そのようですね」

「どこから入ったって？」

「いえ、それはまだ」

そこまで聞いたところで、柳瀬さんが素《す》っ頓狂《とんきょう》な声をあげた。「あーっ、ひかる」おっちゃんたちがこちらを見る。皆の視線が集まっているが、柳瀬さんは構わず喋る。「やっぱりい。やってると思ったんだよね」いつもの声色に戻っている。「おっさん殺し」はやめて路線変更したようだ。

「おい、君」おっちゃんの方の呼びかけを無視して柳瀬さんは高島先輩をつつく。「やったなおい」

「ちょっと、君」若い方が咎めるように柳瀬さんを見るが、それを遮っておっちゃんの方が柳瀬さんに尋ねる。「この二人、知ってるの？」

「有名なんですよこの二人。最近つきあい始めて、すっごいアツアツだって」

柳瀬さんはあけっぴろげに……いや、それを装って喋る。「アツアツ」とは随分おばちゃん風の言い方だと思ったが、どうやら相手の年代に合わせて語彙《ごい》を選んでいるらしい。「いいなあ。こっちの東さんって、女生徒の憧れの的なんですよ」

おっちゃんたちは顔を見合わせる。柳瀬さんは一人、雪崩《なだれ》のように喋り続ける。「この二人いっつも知らないうちに消えるんですよ二人で。今日、終わってから残って、アッシと一緒にいたんですけど」柳瀬さんは僕の腕にもたれかかる。誰だアッシって。柳瀬さんは僕については嘘の名前を言った。僕たちは通りすがりを装っているから、名前を確認されることはないと踏んでのことだろう。とっさによく切り替えがきくものだ。「この二人、外にいるのアッシが見つけたんです。私、誰だろうって思って見てたんですけど、そしたらこの二人、第二別館に入っていって」

おっちゃんの方はそこで反応した。「入っていった。玄関から？」

「はい」

「おかしいな。扉は開いてた？」

「閉まってたのを開けて入っていったんです」

おっちゃんたちは顔を見合わせる。どうやら柳瀬さんに訊いた方が早いと判断したらしく、おっちゃんの方はこちらを向いた。「それは何時ごろ？」

「さっきです」

「すんなり開けて入ったの？」

「え？　どういうことですか？」

「つまり」おっちゃんは頭を掻く。「鍵はかかっていたの？　いなかったの」

「えー、かかってなかったですよ」柳瀬さんはすらすらと答える。しかも訊かれていないことまで付け加えた。「ほんとに東さんとひかるだったあ。やーちょっとショック。私までできてない説支持派だったのに」それから高島先輩に頭を下げる。「ごめん見ちゃった。きゃー見ちゃった」

柳瀬さんがあんまりうるさいので、いいかげんおっちゃんたちはうんざりしてきたようだった。「やれやれ」

若い方が柳瀬さんに尋ねる。「君たちはどこに残ってたの？」

「えっ、……」柳瀬さんはなぜか、か細い声を残して絶句した。それから「おっさん殺し」に戻って、おっちゃんの方に上目遣いで訊く。「えー……言わなきゃだめですか?」

おっちゃんの方が頷く。柳瀬さんはもう一度、小さな声で「えー……」と言ってから、芸術棟の裏を指さした。「あの裏です。非常階段の踊り場のとこ」言ってから一人で「やー、恥ずかしい」と言って僕の腕に顔をうずめた。

おっちゃんたちは顔を見合わせ、呆れかえった様子で溜め息をついた。おっちゃんの方が高島先輩に向き直る。「どうしてここに入ろうと思ったの」

東さんがもごもごと答えた。「いえ、すんません。開いてたんで」

「開いてるの知ってたの」

「いえ、開いてたから」

これは名演技であった。若い方が頭を掻く。「俺たちの頃だってもう少し常識あったよ」

それから約十分間、高島先輩と東さんは説教された。「社会常識」「夜中までうろうろと」「子供だって」「勝手に入ったら犯罪にも」「開いているからって」……二人は黙ってうなだれていた。途中で若い方がこちらを振り返る。「君たちも他人事《ひとごと》じゃない。こんな夜中まで」しかしおっちゃんの方に止められた。「まあ、そっちはいいだろ」

「森さん、でも」

「若いときはそういうもんさ」なぜか遠い目をしていた。

柳瀬さんが派手にくしゃみをした。おっちゃんは真顔に戻った。「さて寒いから、分かったらもう帰りなさい」

「はい。……すいませんでした」柳瀬さんはいかにも真面目な高校生といったふうに素直に頭を下げて、それから慌てたように「あの、ひかるたち逮捕されるんですか？　あの、ひかるのお母さんすごく厳しくて」

「それはないよ。さあ帰って帰って」おっちゃんはいったん僕たちを追い払いかけた。しかしそれから思い出したように僕と東さんに目をやり、「ちゃんと彼女、送ってあげなさいね」と言った。

四人、神妙に「すいませんでした」と頭を下げて校庭を後にする。校門を出て最初の角を曲がったところで立ち止まり、はああ、と息を吐いてへたりこんだ。

とりあえず、たいして問題にされずに解放されたようだ。

「柳瀬、助かった」東さんが苦笑いで言う。

「東くんもなかなかだったよ。……今度、春にひと芝居やるんだけど」

「いや、それは無理」

しばらく沈黙。

高島先輩はじっと下を見ていた。この人の性格からすれば、軽はずみが原因で警備会社まで出動させてしまったのは忸怩《じくじ》たるものがあるだろう。……と思ったら、高島先輩はくすくすと笑い始めた。それから、なんとなく全員に笑いが伝染した。高島先輩は顔を上げて、何かつっかえの取れたらしい、すがすがしい表情で言う。「さおりちゃん、名演技」

「まかして。これでも今年の県大会、個人賞獲《と》ったもんね」柳瀬さんが親指を立てる。

みんな、何か解放感を感じて妙に陽気になった。

「若い方の人の表情、面白かったなあ」

「おっちゃんの方、意外といい人だったね」

「完璧にバカ高校生だったな」

「誰ですかアッシって」

全員が笑った。さっきまでの緊張も壁男の謎も、それから伊神さんを置いてきたことも忘れていた。

通報があったのは九月十八日のことである。

湖畔のハイキングコースを散歩していた観光客が、湖に向かって延びる不審な轍《わだち》を発見したのが午前六時過ぎ。轍は岸まで続いていた。観光客が湖面を覗くと、男物のジャケットが浮かんでいた。慌ててホテルに戻り、通報したのが発見から約三十分後。パトカーの到着にはさらに一時間を要した。

警察が周囲のホテルに照会すると、すぐに不審者の情報が入った。

十六日の夜遅く、一人で現れて一泊した男がいた。年齢は四十代の半ば、中肉中背で眼鏡なし、荷物は手提げ鞄一つ。態度に不審な点はなかったとのことであったが、服装はおよそ観光地に来るにはふさわしくないビジネススーツだった。接客したフロントの記憶と、湖面から回収されたジャケットの外見は一致した。男は翌日、朝食もとらずにすぐチェックアウトしている。車種は不明だが白のセダン。宿帳にナンバーも記載されていた。レンタカーではなかった。

さらにその男は、氏名と住所・電話番号を書き残していた。名前は豊中浩一《とよなかこういち》。住所は東京都となっている。ナンバーともども偽の記述をした可能性もないではなかったが、警察からの電話をとった女性は豊中正子《まさこ》と名乗った。彼女が答えた夫の車のナンバーは、宿帳に記載されていたものと一致した。

こうなれば警察は、するべき報告をしなければならない。報告を聞いた豊中正子は、何かを思い出したように受話器を置き、しばらくして戻ってきた。彼女は夫の書斎に駆け込んだのだった。

豊中浩一の部屋からは、自筆の遺書が見つかった。

第四章　四日目の幽霊

「やあアツシ君。あの後、ちゃんと柳瀬君送っていった？」

翌日の放課後。伊神さんは教室に入ってくるなりそう言った。

「……誰から聞いたんですか」

「直接聴いたんだよ。建物の陰で。彼女の声はよく通るね」

僕は小菅の席にぶつかった。「……つまり、僕たちを見殺しにしたんですね」

「見殺しとは違うよ。僕、あそこに警備保障の車が停まってるの見てたもの」

「もっとひどいじゃないですか」

「まあ、君も僕をほっぽって帰ったんだし、おあいことということでね」

「……ったく、もう」

もともと、忍び込んでまで残ろうと言いだしたのはこの人だ。なのに、結果的に伊神さんだけが助かっているのである。

伊神さんはふふっ、と笑って僕の肩を叩く。「まあ、結果的にはよかったでしょ。柳瀬君のおかげでお咎めなしだったんだし」

「十分ほど説教されたのを除けば、お咎めなしでしたね」僕は言ってやった。しかし伊神さんはことことと笑うだけだ。

「……で、僕たちを差し出した後も調べてたんですよね？　何か、分かりましたか」

「……いや、それがさっぱり分からないんだよね」伊神さんは腕を組む。「窓が開いてたのが最大の弱点だと思うんだけど、窓からの出入りは僕が見張らせてたんだよね。ひかるちゃんたちに」

「何も出入りしなかった……んですか」

「うん。二人とも、何も見ていないと言ってる。ひかるちゃんも『確かです』って言ってたから、本当に何も見ていないんだろうね」

「はあ。……しかしそういえば、なんで窓が開いてたんでしょうね」

一昨日、僕が入ったときは閉まっていた。

「三野君によれば、あそこの窓はもともと鍵をかけてるのかかけてないのか分からないそうだけど」伊神さんは小菅の机をこつこつと叩きながら言う。「まさかこの季節、開けっ放しにしておくはずはないしねえ」

「誰かが後で開けた……と。でも、なんでですか」

「ふむ」伊神さんは何か考えがあるようだったが、言ってはくれなかった。もともとこの人は、ちゃんと起承転結をまとめて説明できるくらいに煮詰まらないうちは、自分の仮説を披露してはくれない。

伊神さんは一人、ああ忘れてた、と言って手を打つ。「あの部屋の鍵について演劇部に確認しなきゃいけなかった。……葉山君、行ってきて。僕は部室で考えてるから」

「伊神さんはなんで来ないんですか？」

「え？　一人行けば充分だよね」

至極もっともな理由であった。


芸術棟に入ったところで秋野と高島先輩を見つけた。なぜか彼女らは一人一脚、重そうなスタンド付スポットライトを担《かつ》いで運んでいた。僕の声に反応して振り向いた秋野がふらついたので慌てて手を貸す。僕はさっさと秋野からスポットライトを奪い、高島先輩について階段を上った。ミノによれば一灯あたり安くても十六万だという。壊しでもしたら四ヶ月はアルバイトをしなければならない。

「これ、どうしたんですか」これは演劇部の備品のはずである。

「ちょっと借りてたの。今回、講堂暗くするかもしれないから」こうした演出は大抵高島先輩が一人で考えているらしい。

そこで僕は立ち止まった。秋野が背中に追突する。

「……借りてた、って、いつからですか？」

「一週間くらい前からかな」

「その間、どこに置いてました？」

高島先輩は怪訝な顔で答える。「……講堂に置いてたけど？」

講堂の扉は練習終了時に閉じられるが鍵はかからない。誰でも入れる。……だとすると、これはどういうことだろう？

「……どうしたの？」

「いえ、じゃあ吹奏楽部……でなくても、誰でもこれ持ちだせたことになりますよね。だとしたら……」

だとしたらなぜ、演劇部の物置に泥棒が入ったのだろう。スポットライトを使いたいならこちらから持ちだせばいい。

僕が考え込んでいると、高島先輩はちょっと笑った。「葉山くん、伊神先輩に似てきたね」

軽くショックだった。

スポットライトを物置に返し、ついでに演劇部の人をつかまえて質問する。物置の鍵を新しくつけたのはいつ頃か。

「一昨日《おととい》、俺が買ってきてつけた。柳瀬が『壊すのにゴリラが要るくらいにしといて』って言うからしょうがねえな、つって。盗まれねえと思うんだけどなあ」

江本だか江夏だか、名前が今ひとつ思い出せない江なんとかという先輩は僕の変な質問をいぶかることもなく、気さくに話してくれた。

「鍵を持ってるのは誰ですか？」

「もちろん先生が、部室や玄関の鍵と一緒にして持ってる」江なんとか先輩はひょい、と両手を上げる。「ってことにしてくれ」

「本当は？」

「柳瀬。あいつ今日風邪ひいて休みやがったから、俺わざわざあいつん家《ち》まで取りにいった」

柳瀬さんの家は学校のすぐ近所であり、彼女によれば授業中に気付いた忘れ物を「家に取りに帰る」という荒技も可能なのだそうだ。

「鍵、持ってるのは柳瀬さんだけですか？　合鍵とかは」

先輩はなぜか、腕を組んでそっくり返った。「わはははは。ウチにそんな余分なもん作る部費があると思うか」

いくらもかからないが。「分かります」

先輩は僕を見る。なぜか楽しげである。「葉山、これは何事件の捜査なの？　なんか俺すごく取調べされてるっぽいんだけど」

「いえ、べつに容疑者というわけではないです」

「もっとこう、やってくんねえの？『ネタはあがってるんだ。いつまでシラをきるつもりなんだ！』『まあ待て山本。……お前、故郷《くに》はどこだ？』」

「すいません。そこまではなかなか」

「なんでえ。つまんねえの」なぜか残念そうにしている。演劇部にはこういう変わった人が多い。部長の影響かもしれないと思った。

「今度は葉山くんが探偵やってくれてるの？」

僕の様子を見ていた高島先輩が言う。

「いえ、使いっ走りです。伊神さんに訊いて来いって言われただけで。……どうも、いいように使われてまして」

「あれ、そうなの？」

「そうです」

僕はさっきのやりとりを話した。「……面白がられてる、っていうか」

高島先輩は視線を外して、何事か考えていた。不意に微笑んだ。「……伊神先輩、そういうところあるからなあ」

「ほんとです」

「そうじゃなくて」高島先輩はやはり笑顔である。「自己弁護をしない、っていうか、誤解されても平気なところがあるの。昨夜だって、大事にならないようにちゃんと考えてたんだと思う」

「……そうなんですか？」

「伊神さん、窓からジェスチャーで『電気を消して部屋から出ろ』って教えてくれたの。どうして声で伝えないのか最初は分からなかったんだけど、あの時もう、警備会社の人たちが来てたんだね」

「その後、それを承知で僕と柳瀬さんを差しだしました。ついでに言うと、自分は明かりを消して追《つ》けてきてたそうです」

「全員で行ったら五人になって、カップルに見えなくなっちゃうからね。さおりちゃんがいれば、うまくごまかしてくれる、って考えたんでしょう。私は……」高島先輩は自嘲気味に言った。「嘘をつくのが下手だから。たぶん、全部話しちゃったと思う。ＣＡＩ室に忍び込んだ、って知られたら大変なのに、そういうことも考えずに、ね」

　結果的には、伊神さんの判断は適中したといえる。

「それにね。私たちが怒られてる間、伊神先輩がどこにいたか知ってる？」

「いえ……」物陰から観察していたのではないのか。

　高島先輩はにこにこしている。「ＣＡＩ室の鍵が開けっ放しだったでしょ？　そのままじゃまずいから……」

　高島先輩が昨夜、伊神さんに電話して訊いたところによると、伊神さんは僕たちが怒られている間にこっそり第二別館に戻り、ＣＡＩ室の鍵を中からかけなおして、オートロックである隣のシステム管理室から出てきたとのこと。……しかし、そうすると。

「もしかして、僕たちが怒られるのまで計算に入れてたんですか？」

「あの人ならもしかして、そうかもしれないね」高島先輩は可笑《おか》しそうに頷く。「警備会社の人たちには悪かったけど、ああいう悪戯、初めてだったなあ。ほんと言うと、ちょっと楽しかったんだよね」

高島先輩は遠くを見るようにして微笑んだ。

考えてみれば、一年生の僕より高島先輩の方が伊神さんとのつきあいは長いのである。あの人の性格も、あるいは僕よりよく理解しているのかもしれない。


文芸部の部室を覗いたが伊神さんはおらず、山岳部の眼鏡の先輩が文庫本を開いてくつろいでいた。伊神さんに限らず、芸術棟三階四階の部屋は結構、鍵をかけずに開け放しておく人が多い。眼鏡の先輩も、伊神さんの行方は知らなかった。

おかしいなと思って芸術棟を一回りしてみたが、やはり伊神さんの姿はない。いつものことながらメールを送っても返事がない。僕は仕方なくアトリエに戻ってしばらく虎の絵と睨めっこをしていたが、結局、どうしても集中できずに絵筆を投げ出してしまった。どうやら、僕も壁男にとり憑かれたらしかった。

再び文芸部の部室に向かう途中で眼鏡の先輩とすれ違った。伊神さんが部室に帰ってきたらしい。「なんか、花束持ってたけど」

「花束ですか?」

「うん。なんか、えらくでっかいやつ」

相変わらず、あの人の考えることは分からない。ノックして戸を開けると、伊神さんはにやりと笑った。「やあ、入部希望かな?」

僕は聞いてきたことを手短に話した。スポットライトの件を話すと、伊神さんはなぜか満足げに頷いた。「なるほどね。……やっぱり、トリックということで間違いなさそうだなぁ」

なぜそうなる。「……それは、つまり?」

「立花のとき同様、今回もはじめからトリック臭かった」

「え」僕は絶句した。「……あれだけはっきり現れておいて、ですか? 窓からは出入りがなくて、入口の戸に鍵もかかってて、しかも合鍵なし、ですよ。本物だっていう証拠がこんなに」

「本物だって証拠が多すぎるからこそ、トリック臭いんだ」伊神さんが僕を遮る。にやりと笑って続けた。「『ウィリアム・ジェームズの法則』っていうのがあってね」

伊神さんは立ち上がって窓の外を見る。「これはＵＦＯとか心霊写真といった超常現象一般に関する法則なんだけどね。超常現象が話題になった場合、必ずと言っていいほど状況証拠は数多く出る。しかし不思議と、決定的な物証はいつまで経っても出ない。結果、現象の信憑性はどんどん灰色になっていって、肯定派と否定派の溝も深まるばかりで埋まることがない、っていう法則なんだ。言い換えれば、超常現象の『証拠』とされているものには、必ずどこか反論の余地が残っている、ということだね。確かに、ＵＦＯやネッシー[5]には『物的証拠』と言える写真がある。でもこれに対しては『トリック撮影ではないか』という反論ができるよね。『未確認生物の死体が網にかかった』なんて言って、これは確かに鑑定すれば決定的証拠になるけど、なぜか獲った人は『気味悪いので捨てて』しまう」

「もったいないですね」

「『ニューネッシー』(6)の時は、僕の父もそう叫んだらしい。超常現象の決定的証拠は、いつも『たまたま』失われてしまうものなんだ。死体を捕ったけどたまたま捨ててしまった。なくしてしまった。写真を撮ったけどたまたま逆光だった。手前に障害物が入ってしまった。しかるに」伊神さんは窓の外を見たまま続ける。「『壁男』はどうだろう？　まったくその逆で、偶然は否定派の反論を封じる方向に作用している。入口の戸の鍵はたまたま付け替えたばかりで、合鍵は存在しなかった。たまたま窓が開いていたおかげで壁男の姿は窓に映ったものではないらしいと分かったけど窓からの出入りはたまたまずっと見張っていた。まあこれは僕がやらせたんだけど」

「……ということは、つまり……」

「超常現象なら、不思議と偶然が作用して、否定派につけこむ余地を与えるものなんだ。そうでない以上、『壁男』は超常現象なんかじゃないのさ」

「なんだか言いくるめられているような気がするんですが……」

「まあ、今のは冗談だとしても」伊神さんは笑って振り返る。「演劇部の物置さあ、たまたま

(5)　綿密な調査の結果、すでに存在が否定されている。

(6)　一九七七（昭和五十二）年、ニュージーランド沖で、トロール漁船瑞洋丸《ずいよう》が首長竜プレシオサウルスを思わせる謎の腐乱死体を引き上げたが、船長は「あまりの臭さに」捨ててしまった……という笑える話。もっとも持ち帰られた体の一部を鑑定したところ、これは「ウバザメ」という鮫の一種である可能性が高いという結果が出てしまった。

直前に泥棒が入って鍵を付け替えた、なんて、いくらなんでもでき過ぎだよね。まるで、あそこは『密室でないといけなかった』みたいだ」

伊神さんの言いたいことがようやく分かった。「……つまり、あそこに泥棒が入った本当の理由は……」

「『鍵を付け替えさせるため』と考えれば、一応の説明はつく」

「……なるほど」

「ただ、少し不確実ではあるんだよね。鍵を付け替えたのはあくまで柳瀬君の判断だしね。……だから、理由は他にもあるのかもしれない」

伊神さんはそこで話を切った。「さて葉山君。君の次なる仕事は」

「……なんですか?」

伊神さんは机の上の花束を取った。「柳瀬君のお見舞いに行くことだ」

「……はあ」

「いや、『はあ』じゃなくて。……柳瀬君は君につきあわされて寒いところにいたから風邪をひいたんでしょ」

つきあわせたのは伊神さんだったような気がする。

しかしそういえば、柳瀬さんは昨夜すでに派手なくしゃみをしていた。あれは警備会社のおっちゃんたちに対してさりげなく「早く帰りたいです」とアピールしているのかと思ったが、実は素だったのかもしれない。

……花なんか持って行ったら、柳瀬さんはどんな反応をするんだろう。僕は渡された花束に視線を落とす。「何の花ですか？　これ」

「これは林檎《りんご》の花だよ。これがアネモネ、これがアイリス……」伊神さんは一つ一つ指しながら言う。「……微妙に折れてるね。まあいいや。これがアザレアで、これは金魚草だ。はい、行った行った」

「……あの、住所が分からないんですが」

伊神さんは僕の持つ花束を指さす。「すぐ近くだよ。その中にメモを入れておいたから」

花束からメモが出てきた。つまり、最初から僕に届けさせるつもりだったらしい。

「……これ、持って行くんですか」花束というものを持ち歩くのは、どうしたって照れくさい。

「君ね、手ぶらで見舞いに行って、人の家に上がりこむの？」

伊神さんにしては珍しく、常識を根拠に主張している。

「……上がりこむんですか？」

「上がってと言われたらどうするの」

「……はあ」

「はい、行って行って」

伊神さんに背中を押される。去り際、伊神さんは思い出したようなそぶりで言った。

「ああそうそう、柳瀬君がどうしてあの時間、都合よくあんなところにいたのか。僕はそのへんが知りたいな」

それが目的なら、そう言えばいいのに。

伊神さんの書く字は極めて特徴的な略字であり、本人以外には読めない。そのことを忘れていた。僕は地図の説明書きがまったく読めず、地図が示すと思われる区画まではなんとか辿り着いたものの、その後はノーヒントのまま、「柳瀬」の文字を求めて他人の家の表札を一つ一つ確認しながら歩く羽目になった。制服を着ていなかったら空き巣の下見とでも見られていたところだ。

学校周辺に広がる住宅地は迷路のように入りくんでいるというより迷路そのものである。まっすぐ歩いているはずなのに、狭い道を折れて折れて折れたかと思うと元いた場所に戻っていた、というようなミステリアスな区画であり、メビウスの輪の上を歩いているような気分になる。古い家が多い区画だから昔は城下町か何かだったのかもしれない。この町はおおむね海浜地区とその他内陸側に分けられており、改装されてぴかぴかの駅や再開発で立派なビルの並ぶ旧アーケード街は海浜地区に属し、昔ながらのこうした町並みは内陸側に属する。むろん我が市立高校も内陸側である。内陸側の再開発が進まないのは数名の地主が居座っているからで、そういえば東さんの家もそうした地主の一つだと聞いた。彼らが再開発を妨害するお荷物なのか、古き良き町並みを守る良識派なのかは判断の分かれるところだろう。

そんなとりとめのない思考を続けながら歩くこと一時間。同じような一戸建てが並んでいて、このあたりに住んでいる人間は夜どうやって自分の家を見分けるのだろうと思える一角に「柳瀬」の表札があった。インターフォンを押したが音は鳴らず手ごたえもない。中から反応もない。壊れているらしいので勝手に門扉を開けて玄関に向かう。犬小屋で寝ていた中型犬が弾かれたように飛び出てきて吠《ほ》え始めた。どういう雑種なのか、足と首のまわりだけ黒で、あとは象牙色というカラーリングの犬である。彼はちぎれるくらいに尻尾を振り、鎖をぴんと張らせてもがいていた。驚くべきことにほぼ直立して、後ろ足でたたらを踏むようにしてバランスをとっている。この調子であと三年も努力すれば、進化して二足歩行犬になれるかもしれない。

若干の間をおいて女性の「はあい」という声とばたばたという足音。犬をインターフォンにしているらしい。

「はあいどちら様」ドアが開いて、生活臭が染みついて変色したようなエプロンをかけた女性が出てきた。明らかに三十年後の柳瀬さんの顔をしていた。

「あら綺麗」柳瀬母は僕の持つ花束に反応した。挨拶して用件を告げると、柳瀬母はぱっと顔を輝かせる。「知ってるわ。葉山アツシ君ね」誰ですかそれは。柳瀬母はなぜか僕と花束を見比べてにやりと(失礼ながら、そう表現するしかない)笑い、言った。「面白い花束ね」

犬は相変わらず呼吸の続く限り吠えながら鎖を引っ張っている。

「あら、うるさくて御免なさいね」柳瀬母は犬に命じた。「アツシ! ロク!」

僕は肩を落とした。犬の名前だったらしい。呼ばれた「アツシ君」はぜいぜい息をしながらも、おとなしく座り込んだ。柳瀬母は犬小屋を指して「チセ!」と命じた。

「……アイヌ語、ですか?」

柳瀬母は笑う。「面白いでしょう？　最初にアイヌ語でしつけてみたら、もう日本語には反応しないのよ。……嬉しいわあ、ネタ分かってくれる人がいて」

「ふつう、日本語か英語だと思いますが……」

僕の中学の友達にも、九官鳥に津軽弁を喋らせて遊ぶ奴がいた。レベルが同じである。

柳瀬母は快活に僕を招き入れる。夕食を一緒にどうか、と言いだしかねない雰囲気であった。

それから階段を振り返って「さおり！　アッシ君が来たわよ！」違うんですが……。

柳瀬母がばたばたと階段を駆け上がり、ちょっと静かになった。柳瀬家の玄関は柳瀬母の趣味なのか、バラらしきポプリの匂いがしていた。玄関マットはパッチワークであり、靴箱の上に椿が活けてあり、その隣に手作りとおぼしき、ヴァイオリンを弾く少女の人形と扇子を持つ落語家のぬいぐるみが並んでいる。多趣味な人らしい。

戻ってきた柳瀬母は僕を迎え入れ、こちらがうろたえるくらい丁寧に頭を下げた。「……ありがとうございました。あの子もこれで……」

「あ、いえっ。……えっ、どういうことですか」

しかし柳瀬母はさっと口に手を当て、目をそらす。それから「……会ってやって下さいませ」

おいおい。風邪じゃないのか。

柳瀬さんの部屋は静かだった。淀んでいるとか籠っているとかいうのではなく、静かなのだ。

「……来てくれたのね」

柳瀬さんはベッドの中で、首だけを窮屈そうに回して僕を見た。

「……あの、風邪だと聞きましたが」

「……うん。ただの風邪」柳瀬さんはいつもとはうって変わって、弱々しい声で言う。「……だから、治るよ。今度だって」

ちょっと待て。何の病気なのだ。僕は思考を高速回転させる。思い当たる病名があった。

柳瀬さんは大きく息をする。「……寝たままでごめん。……起きるの、ちょっと辛いの」

「……いいえ、そのままでいいですから」

柳瀬さんは微笑む。「……嬉しいなあ。来てくれるなんて。……もしかしたら、もう……」

視線をそらした。「……会えないかな、って思ってた……」

さて、どう声をかけたものか。

「病気は……いつから、ですか?」

柳瀬さんは遠い目をする。「……覚えてないの。……ずっと、小さい頃から……」それから大きく息を吸いこみ、痛々しく咳きこんだ。

「大丈夫ですか」

柳瀬さんは答えられない様子でしばらく咳きこんでいた。仰向けになって何度も深く呼吸をする。落ち着くまで数十秒かかった。

「柳瀬さん……」

「葉山くん……お願いがあるの」

柳瀬さんは思い詰めた口調で言う。「無理なのは分かってる。けど……」

「いえ、言ってください」

「……春の舞台に、出てほしいの」

「……」

僕は部屋のドアを振り返る。柳瀬母はいつのまにかドアを閉め、階下に消えていた。「……ノリのいいお母さんですね」

柳瀬さんはひとしきり笑って、がば、と元気に起きた。「ごめんごめん。いつ気付いた？」

「やっぱり元気じゃないですか」僕は頭を掻く。「……今ですよ。……仮病かと思ったのはさっきですが」

「いやあ、お母さん甘かったのかなあ。それとも私がまずかった？」

「まずい、というわけではないですが」柳瀬母は玄関から娘を呼んだ。娘が動けず、元気に喋れもしないなら部屋の前まで行くのが自然である。

「……凄いお母さんですね。あんな短時間で打ち合わせを」柳瀬母は部屋に入った数秒のうちに娘と話を合わせたことになる。母娘《おやこ》ならではのコンビネーション、といったところか。

「ノリがいいんだよね。昔から」その遺伝子は確実に受け継がれているようだ。柳瀬さんは笑ってベッドから降り、カーディガンを羽織った。「病弱な演技、試してみたんだけど駄目だったなあ」

不謹慎な話だ。「小さい頃から病気持ってる人はもっとタフですよ。あんな悲愴にならないであっけらかんとしているものです」

「なるほど。参考になったわ」

ドアが開く。「お邪魔様」柳瀬母はお茶とカステラを持って入ってきた。それから僕の様子を見て「あちゃー」と楽しそうに言った。「ばれたねこれは。……演技、自信あったんだけど」

筒井康隆なら「一卵性の母娘」と言うところだ。柳瀬母は盆を置いて、くすくす笑いながら言う。「御免なさいね。いい歳しておかしなおばさんでしょう」

「いえ、まあ、それは」危うく頷きそうになった。

柳瀬さんがカステラに飛びつく。「お母さん、カステラなんてあったの」

「おじいちゃんの隠しカステラ。食べてあげないと私が先生に怒られるわ」糖尿らしい。「アツシ君、ゆっくりしていってね。いつまでいてもいいから」

柳瀬母は僕を見て、また先程と同じ笑いを見せた。すう、と立ち上がり、腕を回しながら出て行った。「さあて、お夕飯ちょっと頑張るかな」

「いえそんな、そんな長居はしませんから」僕は慌てて言ったが、柳瀬母はもう階下に消えていた。

柳瀬さんは少し照れたように笑っている。「気にしないでいいよ。前、演劇部の男が来た時もあんなだったから」

静かになった。こうなると、人の部屋というのは落ち着かないものである。しかも僕は、妹以外の女性の部屋に入ったのは初めてだ。僕は最初まわりをちらちら見て妹の部屋よりは綺麗かな、などと考えていたが、途中からなんだかえらく失礼なことをしている気がしてお茶を飲んだり……お茶を飲んだりしていた。そのうち、柳瀬さんが僕の右脇をずっと見ているのに気付いた。その視線の先を追って、花束を持ってきたのをようやく思い出した。

「あっ、柳瀬さん、これをお見舞いに」

柳瀬さんはなぜか受け取らなかった。「これ……アネモネだよね」

「そうです」柳瀬母は花に詳しそうだった。一卵性である以上、娘も詳しいのだろう。

柳瀬さんは続けて言った。「……アイリス、アザレア、キンギョソウ……これは?」

「リンゴの花です」

柳瀬さんは花束を見ている。そのうちになぜか、みるみる耳が赤くなってきた。下を向いて、消え入りそうな声で言う。「嬉しい……」

「……いえ、そんな」

柳瀬さんはやや慌て気味に言う。「でも、いきなりそんな」

「はあ」

「あの、ここじゃ、お母さんもいるし」

「はい?」

柳瀬さんは立ち上がった。「外、行こう。すぐ着替えるから」

僕は慌てて止めた。「いえ、風邪ひいてるじゃないですか。どうしたんですかいきなり」

柳瀬さんはそこでぴたりと静止し、じっと僕を見た。

「これ……葉山くんがアレンジしたんじゃないの?」

あんまりまともに見つめられるので、僕は視線をそらそうとしてそらせず、へどもどして答えた。「ええと、用意してくれたのは伊神さんで……、まあ、渡すのは僕、と」

その途端に柳瀬さんは「だあっ」と言って突っ伏した。「伊神さん、ひと悪過ぎ」

それはまあそうかもしれないが。「……どうしたんですか？」

「やっぱり知らなかったあ」柳瀬さんは今度はのけぞり「があっ」と言った。

そこで僕も思いついた。「ああ……なるほど」

ようやく納得がいった。やっぱり遊ばれていたようだ。「……アネモネの花言葉、なんですか」

「『君を愛す』」

僕は溜め息をついた。……思った通りだ。あの人が手回しよく花束なんぞ用意している時点で疑うべきだった。柳瀬母の微妙な含み笑いもそのためだろう。

柳瀬さんは早口で言う。「……で、リンゴの花言葉は『誘惑』」

「え」

「キンギョソウは『欲望』」

「うっ」

「で、アイリスが」

「……なんですか」

「『私は燃えている』」

僕はがっくりとうなだれた。恥ずかしくて顔を上げられない。「やられた……」

柳瀬さんはまだ言う。「……で、その折れてるアザレアが『自制心』」

「ひでえ……」一体どこから仕入れたのか。とうてい一店ですべて揃うとは思えない。何軒か回ったに違いなかった。

「芸が細かいね」

柳瀬さんが笑う。僕もつられて笑った。

「あーあ」柳瀬さんはひとしきり笑った後、頭をがしがし叩きながら、立ち上がって鞄を探る。携帯を出してきた。「じゃ、これも知らないね？」


(from) yhayama0429@****.ne.jp
(sub) 葉山です
突然ですみません m(__)m 大事な話があります。アトリエに来てくれませんか？ お待ちしてます (^_^;)

これはちょっとひどい。人の名をかたってメールを送るだけではあきたらず、顔文字まで入れるとは何事か。「……誰ですかこれは」

「葉山くんの贋物。くそー。騙された」

アドレスまでそれらしく作っているあたり、手が込んでいる。「すいません。アドレス教えとけばよかったですね」

「今教えて」

「はい。……でもそうすると、これ送った犯人は柳瀬さんのアドレス知ってたんですね。……柳瀬さん、主にどのへんの人までアドレス教えてます？」

「ええと」柳瀬さんは視線を宙に遊ばせる。「部活でしょ。クラスの女子は全員だし、男子も全員か。あと元一年七組でしょ、合唱部と軽音でしょ、ひかると瑞穂《みずほ》に、大沢軍団に、中学のやつらに、お母さんの」

「いえ、もういいです」

ダダモレだ。まったく絞れなかった。「わりと、オープンですね」

「それなのに！」柳瀬さんは僕を見つめる。「おかしいよ私たち。お互いのアドレスも知らないなんて」

「はあ」どう反応していいか分からない。

……しかし。

僕は座り直す。とにかく、見過ごせない事実が明らかになった。昨夜、誰かが柳瀬さんを呼び出した。あそこでこの人に遭遇したのは偶然ではなかったのだ。

「実は伊神さんから、あなたがなぜあそこにいたのかを訊いて来い、と言われたんですが」僕はようやく納得した。なるほどこういう事情では、伊神さんが自分で行っても柳瀬さんから話を聞けるかどうか分からない。そういえば彼女は昨夜も、なぜ芸術棟にいたのか答えたがらなかったのである。

柳瀬さんはぷっとふくれる。「葉山くんにこんなメール送られたら、行かないわけにいかないでしょ」柳瀬さんなりに照れているらしく、ちょっと頬を染めて目をそらしていた。

メッセージは昨日の午後六時三分となっている。僕たちが柳瀬さんに出くわしたのは九時過ぎだ。それに気付いた僕はちょっとどきりとして、「すいません。今度ちゃんとお誘いしますから」何か言わねばと思って焦った挙句、つい言ってしまった。

「ほんと？　やったあ」柳瀬さんは素直に万歳する。「じゃあ今度パリ行かない？　オペラ座行ってみたかったの」

「遠すぎませんか」

「でもあらかじめ、オペラも基本的な知識ぐらいは仕入れてから行った方が楽しいよね。演劇部なら資料もあるし、詳しい先輩が発声練習から教えてくれるよ」

べつに柳瀬さんが嫌いなわけではない。これが困るだけである。

僕はその後柳瀬さんに三十分ほど勧誘され、柳瀬母に十分ほど夕食をどうかと誘われたのち、アツシ君に十分間じゃれつかれてから柳瀬家を辞した。学校への道すがら、柳瀬さんの部屋でちょっとどきどきしていた自分を再発見し、彼女と二人でフランスを歩く自分を想像して「パリならオルセー美術館にも寄れるし、オペラも悪くないかもなあ」などと考えていた。もちろん、僕も柳瀬さんもフランス語の台詞など聞き取れるはずがないことは、まったく考えていなかった。

芸術棟に戻る頃にはもう日が暮れていた。なんだか今日はよく歩いたなあと思いながら、暗い玄関に入る。

すでに人影はなく、しんとしている。しかし恐怖はそれほど感じなかった。昨夜の壁男は、伊神さんが当初から指摘していた通り、やはりトリックらしいと分かったからだ。

僕は推理する。柳瀬さんは昨夜、六時過ぎに何者かに呼び出されていた。メールには「アトリエに来て」とあった。これらはつまり、演劇部の物置の鍵を用意するための細工だったのだろう。柳瀬さんはメールを送ってきたアドレスにメールで返信することはできる。しかし返信に対して再返信がなければそれまでであり、呼び出しに従ってただひたすらアトリエ前で待っているしかない。僕たちが壁男を見た九時過ぎの時点で芸術棟の玄関前にいたのは、僕がなかなか来ないから表に出て待っていた、ということだろう。

僕は推理する。「アトリエに来て」と言われた以上、芸術棟の鍵を持ってこなくてはならない。そして肝はここだ。柳瀬さんは演劇部の物置の鍵も芸術棟の鍵も、鍵束に通して一緒に持っていた。だから芸術棟の鍵を持ってくることは、イコール物置の鍵を持ってくることになる。怪しまれることなく物置の鍵を用意しておくことができるというわけだ。昨夜はたまたま柳瀬さんと芸術棟の前で会ったわけだが、彼女がアトリエの前で待っていたとしても、物置に向かう僕たちとは確実にすれ違う。

そして犯人……というか仕掛け人、というか……の狙いは、僕たちに物置の鍵を開けさせ、中を確かめさせることにあった。僕たちが中を確かめてくれなければ、壁男の目撃証言に反論の余地が残ってしまうからだ。してみると犯人は、壁男を見たらまず間違いなく現場に行ってみるであろう伊神さんの性格を知っている人間かもしれない。僕は推理した。どうだ。伊神さんに頼らなくたってこのくらいはできるのだ。

アトリエに戻って荷物を回収。すぐ帰るつもりだった。ここ数日は制作がまったく進まず、虎の絵は四分の三程度でき上がった状態のままである。タイトルもまだない。

階段を二階まで下りると、背後で、こつ、という音がした。

芸術棟は僕一人のはずだ。さっき三階には誰もいなかった。物音がすることはないはずなのだが。……耳を澄ましてみるとまた聞こえた。音はこつり、こつり、と連続している。しかも移動しているようだ。

……足音、だ。しかし……

これはスリッパの足音ではない。上履きで歩いてもこんな音はしない。

……学校指定の靴で歩けば、こんな音がするだろうか。

そう思った途端、腕から背中、首筋と悪寒が這い上がってきた。数日前、秋野から聞いた話が蘇《よみがえ》る。

――学校指定の靴を履いているため、廊下を歩く時にはこつこつと足音がする。したがって、耳を澄ましていれば――

こつり、こつり、という足音が頭上に来た。しばらく静かで、今度はこつり、こつり、と遠ざかり始めた。やはり三階だ。僕のすぐ上まで来て、帰っていった。徘徊《はいかい》しているのだ。

……壁男か？　いや、まさか。昨夜見たあれがトリックであるらしいと分かったばかりではないか。だとすると、誰かの悪戯か。僕がアトリエに帰ってきたことは音で分かるだろう。……とすれば、こんなことをやりそうなのは一人だ。

「伊神さん」僕は階段上に呼びかける。あまり大きな声は出なかった。返事はない。足音はまだこつり、こつり、と遠ざかってゆく。

放っておいて帰ってやろうか、とも思った。だが、なぜか足は動かない。一方、階段上に上る気もなぜか起こらなかった。三階の明かりはさっき消してしまい、真っ暗なのである。階段途中からの暗闇は異世界に通じているように見えなくもなかった。

伊神さんを呼んでしまった以上、このまま帰ることはできなさそうだ。怖がって上ってこなかったと思われてはしゃくだ。僕はことさらに足音をたてて階段を一段飛ばしで上り始めた。途中から暗闇になる。階段を上がってすぐ左にスイッチがあるはずだ。

踊り場を越えるまで、こつり、こつり、と足音はしていた。今度はまた近づいてきている。止まってやり過ごそうか、と思い一瞬足が止まる。……いや、やはり怖がっていると見られそうだ。それに、実のところ暗い階段にとどまって、足音が近づいてくるのを待つ気はしない。二、三度引き返しかけたが、結局続けて上ることにした。

踊り場を越える。ここからはほとんど真っ暗に近いから転びかねない。そう考え、僕は足元だけを見ていた。

こつん、と足音がして、消えた。

下を見たまま階段を上る。上りきって顔を上げる。

何もいなかった。暗闇があるだけだ。

僕は手を伸ばして指先を壁に這わせる。縦に三つスイッチが並んでいる。片っ端から点けた。切れかけた蛍光灯のちらつきがもどかしい。

廊下を見回しても、やはり何もいない。僕はふう、と息を吐いた。吐息とともに緊張が排出され、静まり返った廊下の空気にまぎれて消える。やはり怖がっていたらしい。

「伊神さん」

もう一度呼ぶ。僕の声は反響し、最後に少しだけ谺《こだま》を返す。返事はない。左右を見渡し、すぐ脇のトイレがまず目についた。明かりは消えている。僕はぱっと踏みこんで、入口近くにあるスイッチを全部入れた。

換気扇が、朝寝坊をしていて布団をはがされたかのような不満げな音をたてる。僕は大股でトイレに踏みこむ。誰もいなかった。個室のドアはもちろんすべて閉まっているが、一つも鍵はかかっていない。人の気配はなかった。トイレの個室は中が見えなくても、人がいるかどうかはなんとなく分かるものである。

アンモニアの刺激臭。湿った床が不潔感を感じさせる。僕はさっさとトイレを出た。隣の女子トイレまでは覗く気にならない。男子トイレの明かりはそのままで、僕は廊下の隅まで歩く。

「伊神さん、帰りますよもう」

アトリエの扉はさっき締めた。演劇部の部室。同好会室。文芸部。やはり明かりはどこにも点いていない。このあたり「奥地」の部屋はいつ誰がいるのか、鍵がかかっているのか管理しているのは誰なのか、そもそも普段使われているのかも分からない。僕は引き返した。他の部の部室を片っ端から開けてまで伊神さんを見つける気はない。

トイレの明かりを消す。背後に何かを感じて振り返る。やはり何もいない。

……やれやれ。僕は大きく溜め息をついて、芸術棟を後にした。帰る途中、外から何度か建物を振り返ったが、建物からは最後まで誰かが出てくるということはなく、どこかに明かりが点くということもなかった。

……しかし。帰り道、僕は考えていた。あの足音、本当に伊神さんの悪戯だろうか？

伊神さんは確かに悪戯はする。以前、僕のデッサンから本物の子猫を出現させて、驚かされたことがある（そのあと「君の家は猫を飼う余裕がある？」と訊かれた。捨て猫を拾ってきたらしい）。だが伊神さんの悪戯として考えた場合、あれはあまりに子供っぽくはないか。足音をさせて怖がらせ、誰かが来たら隠れる。それでは、僕も小学校の頃にやったことのある「ピンポンダッシュ」と何一つ変わらない。伊神さんならもっと、興味を引くような派手な演出をしそうな気がする。

伊神さんでないとしたら、誰の仕業なのだろう。芸術棟は僕が帰ってきた時点で無人だと思っていたが、誰かが残っていたのだろうか。しかし、その誰かは僕がアトリエに帰って来ることや、壁男について調べていることを知っていなければならない。

……誰だろう。
答えは出ない。やはりこういうのは、伊神さんに頼るしかないようだ。

第五章　五日目の幽霊

幽霊騒ぎが始まってからこっち、伊神さんは連日学校に来ている。

今日も放課後、アトリエに行くと伊神さんがいた。昨夜は考え事をしていてそのまま寝てしまい、起きたら午後二時だったとのこと。この人、一体いつ受験勉強をやっているのかと思い「勉強は大丈夫なんですか」と訊いたら、伊神さんは「受かるよ。僕が落ちたら誰が受かるの」と堂々と言った。まあ、僕が心配するようなことでもない。

伊神さんは昨夜、暗くなったあたりでさっさと帰ってしまったらしい。足音のことを話したら、興味津々で身を乗りだしてきた。やはり伊神さんの悪戯ではないようだ。

「でもそうすると、誰だったんでしょうね」

「まあ、誰でもできるだろうけど」それから伊神さんはぽつりと言った。「誰の仕業、……か。そういえば、立花の時の犯人も明らかになってないな」

高島先輩は立花さんと仲の悪い誰かがやったんだろうと言っていたが、じゃあ誰か、というと特定は困難になりそうだった。

ただ、僕には一つ、引っかかっていることがあった。「一応、思い当たる人はいるんですが」

僕が言うと、伊神さんは「ほ」と漏らして顔を上げた。「誰」

「いえ、確かなことは分かりませんけど」

「じらすね葉山君」

伊神さんほどじゃないです、というのを飲みこむ。「……東さん、ですよ」

「おっ。その根拠は？」伊神さんは目を輝かせて、僕に喋れと促す。

「……一昨昨日《さきおととい》のことです。僕は高島先輩に会うために講堂に行ったんですが、そこで東さんに会って話をしました。そのとき東さんは、立花さんの幽霊を見て、芸術棟に踏みこんだとき、高島先輩の様子がどうだったのか、僕に訊いてきた」

「ふむ。……そして？」

「いえ、そのこと自体がもう、おかしいんです」

「……どうして？　君はひかるちゃんと一緒だったんでしょ」

「本当はそうです。でも東さんは、それを知らないはずだったんです。……翌日、僕も秋野も高島先輩も、その日のことは誰にも、一言も喋らなかった。話を広めたのはミノだけです」

「ふむ。性格上、そうだろうね」

「でもミノの奴、僕と自分の役割を入れ替えて話してたんです。つまり、踏みこんで誰もいないのを確かめたのはミノと高島先輩で、外で待っていたのは僕と秋野だと」

「なるほど……ね」伊神さんはにやりと笑う。「つまり翌日、東君が『噂を聞いて』君に話しかけてきたなら、君にひかるちゃんの様子を訊くのはおかしいね。ひかるちゃんと一緒だったのは三野君、ということになっていたはずだ」

さすがに理解が早い。「そうです。にもかかわらず事実を知っていた……ということは」

「現場にいて直接見ていた、ということか。……うん。お見事だよ」伊神さんは頷く。「なるほどね。……壁男の方に関与している可能性は考えていたけどねえ」

「……そうなんですか？」

「まあ、疑い程度だけどね。ただ、彼が主犯かどうかは、ちょっと分からないなあ」

「だって東さん、壁男のときは一緒にいましたよ」

「だからこそ共犯が疑われるんだ」

「……はあ」

伊神さんは身を乗りだしてやや早口になる。「思い出してみてよ。一昨日、懐中電灯を持ってきたのは東君だ。でも肝心なところで点かなかった」

「……そういえば。……吹奏楽部の物置から持ってきた、って言ってましたね」

「そう。そんなところから引っ張り出してきた懐中電灯が、いざスイッチを入れてみたら点かない、っていうことがあるかな？」

「……どういうことですか？」

「東君、持ってくるとき、一度も点くかどうか試してみなかったのかな？　普通、持って来る前にスイッチくらい入れてみるものじゃないかな」

言われてみればそうか。これは自分の身に置き換えてみないと分からない。

「……でもそうすると、懐中電灯が点いちゃまずい状況だったんですね。一昨日は」

「だろうね。……あの時、壁男の出た部屋はブレーカーまで落として暗くしていたしね」

東さんが壁男の共犯。僕は一昨日のシーンを再現する。僕も落ち着いていなかったせいか映像はいささか不鮮明だったが、しかし東さんは、共犯のようには見えなかった。

「……でも東さん、壁男が現れたときには絶叫してましたよ。その後の動揺ぶりとか、あんまり演技とは思えないんですが……」

「うん。彼もなかなか演技派だと思うけど、あそこまではねえ」

「それじゃあ、」

伊神さんは僕を指さして言う。「君が思うに、立花のときの犯人は東君なんでしょ」

「……と、思うんです。僕は」我ながら、もう少しきっぱりと言えないものかと思う。

「それが正しいとすれば、あの時の慌てぶりも考えられなくもないと思うんだけどねえ」

どういうことだろう。しかし伊神さんは僕を指さしたまま動きを止め、考えこんでいる。

……やっぱり、じらす人だ。

伊神さんはしばらく思案していた。顔は僕の方を向いているのだが視線は異次元に向けられているようで焦点が合っておらず、いささか不気味だった。

「……まあ、確かめてみようかな」異次元に向けて呟く。「うん。さて葉山君」いきなり視線を僕に戻した。「和室がいいんだけど、どこか空いている部屋がないかな」

「和室……ですか」なぜそんな指定を。「四階の和室、空いてるんですよね」

「華道部は今年潰れたし、茶道部も三年生だけだね。そうだった。……じゃあ葉山君、吹奏楽部の代表……ひかるちゃんかな。それと、三野君もいた方がいいな。呼んでおいて」

「和室に、ですか。……何をするんですか？」

「取調べ」

「えっ」

「それから……」

伊神さんからのへんな指示に首を傾げながらも、僕はとにかく演劇部に向かった。


「葉山」

「ん」

「……暑苦しいんだけど」

「お互い様だよ」

「いつまでこうしてるんだ？」

「……出ていってもよくなったら、伊神さんが指示してくれるはずだけど」

「……それまでは永久に、お前と二人で押入れの中か。……きついな」

「お互いにね」

なんだか、こうして息をひそめてばっかりだなあ、と思う。一昨日も似たようなことをやった。一昨日はCAI室の机の下だったが、今度は和室の押入れの中に隠れている。ミノと二人、足をぶつけながらうずくまっているからいささか暑苦しい。

伊神さんは僕たちに、「東君から事情を聴く。ただし大人数で待っていると話してくれないかもしれないから、話を聴きたければ押入れの中に隠れて聴くように」と指示した。

ごつ、と下から音がした。

「高島先輩、大丈夫ですか」下に向かって囁く。大丈夫、と返事。高島先輩もなんだかこういう役回りばっかりだ。

どんどん、と外から襖《ふすま》がノックされる。出ていいのかと思ったら、伊神さんは「来たぞ。いいと言うまで音をたてないように」と言った。

引き戸の開く音。足音。僕は体をがっちりと固め、呼吸を静めて耳を澄ました。

そして伊神さんの声。

――やあ東君。観念したかい。

東さんの暗鬱な声が続いた。

――何のつもりすか。

伊神さんの方は妙に明るい声だ。

――それは僕が訊きたいね。何のためにあんなことをしたの。

――伊神さんには関係ないすよ。

――なくてもいいよ。それにひかるちゃんが困ってる。

――俺のせいじゃないです。

――壁男出現のトリックに手を貸した上、立花の噂を広めておいて？

沈黙。しばらくして東さんの声。

――知らないすね。帰りますよ。

足音。がた、と引き戸の鳴る音。

――立花のとき、君を現場で見た、という部員がいる。その部員はすでに、君が犯人なんじゃないかと疑っているよ。

伊神さんはこれまでまったく出ていないことを言い始めた。

――帰っても構わないけど、その場合、僕の考えを吹奏楽部に広めるよ。みんなさぞかし怒るだろうね。

何か急に心配になった。伊神さんは普段通りの口調だが、これは脅迫をしているのである。

――知らねえよ。

東さんの口調が荒くなった。

――ここに来ておいて「知らない」はないよね。後ろめたいことが何もないなら、あのメールは無視すればいい。

伊神さんの方は相変わらずである。しかし言っていることの内容は、伊神さんの方が数段おっかない。先刻、伊神さんにしては珍しく携帯などいじっていると思ったら、どうも東さんに

「幽霊を見せたのはお前だと知っているぞ」という「脅しメール」を送っていたらしい。

——僕が吹奏楽部に、君が犯人だ、という話を広める。それを裏付けるように、さっきの部員の証言が出てくる。本当のところがどうなのかなんて関係ないよ。吹奏楽部のみんなが信じれば。

ぎし、と足音。——噂の効果がどれほどのものかは、君もよく知ってるよね。

「おっかねえ」ミノが小声で呟く。

——べつに僕は、ばらしたいと思ってるわけじゃない。ただ興味があるだけだよ。君がなぜ、あんなことをしたのか、ね。

沈黙。再び、やや荒い足音。それにかぶせるように伊神さんの声。

——じゃ、広めていいんだね。

——汚ねえ。

東さんの怒りに満ちた声。

どうしよう。僕ははらはらしながら聞いていた。伊神さん、やり過ぎなんじゃないか。あの様子では殴られそうだ。でも止めに入っていいものか。隠れていたと知られたらどうなるのか。

……しかも。僕は隣のミノを見る。僕が襖を開けて出て行ったら、当然ミノや高島先輩が隠れていたことも明らかになってしまう。僕やミノは東さんに嫌われてもいいが（ミノなんか結構東さんを嫌っている）、高島先輩は。

出て行けない。……伊神さん、これも計算に入れていたんじゃないだろうな。

――あんた何したいんだよ。

――だから、個人的に確かめたいだけだってば。

伊神さんののんびりした口調は、いかにも脅されている方をいらつかせそうである。

――僕に話してくれれば、僕は誰にも言わないし、言う理由もない。

伊神さんは平然と言う。僕はまた胃の縮まる思いだった。あのう東さん、僕たちも聴いてるんですけど。

――まあ君が選んでくれていいよ。僕にだけ話して済ませるか、吹奏楽部の女の子たち全員から顰蹙《ひんしゅく》を買うか。

伊神さんを甘く見ていた。この人は、もともとこのくらいの脅迫は平気でやるおっかない人だったのである。

――ふざけんなよ。てめえ。東さんは急にドスのきいた声になった。――殴られてえのか。

――君じゃ無理だよ。それに、僕を殴れたとして、何か君が有利になるの？

――金か？

東さんがそう言った途端、伊神さんは笑いだした。「あははは。『足るを知る者は真の富者にして、貪欲なる者は真の貧者なり』僕は両親の被扶養者だもの、今以上に金銭は必要ないよ。それに東君」

少しだけ間。伊神さんは静かに続けた。――そういう絵に描いたような「ワル」の台詞は、君には似合わないよ。言い馴れないことを言うものじゃないよ。

がん、と壁を殴る音。はあ、という派手な吐息。

それから東さんは、放り投げるような口調で言った。

——脅されたんすよ。今あんたにやられたみたいに。

——立花の噂を広めたのが、お前だということをばらす……と？

——あんたじゃないでしょうね。

——「ばらされたくなければ私を手伝え」……だね？　君はそれで、壁男の演出を手伝った。

……どうやら、予想通りだね。

伊神さんは予想通りだというが、もちろん僕は驚いていた。東さんが壁男の共犯者。……しかし、だとすると何を手伝ったというのだ？

僕の疑問を襖越しに見透かすように、伊神さんは続ける。

——おかしいと思ってたんだ。僕たちが壁男を目撃する。そこまではいいけど、もし僕たちが怖がって、誰もあの物置に行ってみようとしなかったら？　全員が逃げ出してしまったら、あれが本物であったという確証がなくなってしまう。逆に、全員で物置に行ったら、窓からの出入りはなかった、という部分が崩れてしまう。それ以前に、壁男の出現に誰も気付かなかったらどうだろう。僕たちが聞いていたのは「ＣＡＩ室に出る」という話だ。向かいの芸術棟に壁男が出ても、たまたま……そう、君がたまたま見つけなければ、おそらく気付きもしなかっただろうね。

——べつに、命令されただけすよ。

——そうだろうね。「部屋に残って窓を監視しろ。もし誰も芸術棟に来ようとしなかったら、見に行こうと提案しろ」……壁男を僕たちに目撃させるのは一人じゃできない。細工をする役と、僕たちがそれを目撃するよう誘導する役、二人必要だ。

伊神さんの声が大きくなった。というより、こちらを向いて喋っているらしい。どうも、さりげなく僕たちにも説明しようとしているようだ。——しかも窓は開けておかなければならなかった。閉めていたら部屋の中は見えないし、窓に何か貼ったのでは、とか、映したのでは、と反論されてしまうからね。

——分かったんすか。あれをどうやったのか。

——そこはまだ分からない。君も知らないんだろう？　一昨日の君の驚き方は演技には見えなかった。……君自身だって指示に従っただけで、何が起こるのかまでは知らされてなかった。そうだね？

伊神さんは流れるように喋る。しかし、そんなこと言ってしまっていいのか。東さんがもしトリックを知っていても、これでは訊き出せない。

——うん。そうでないと困る。君の口からあのトリックが聞けてしまっては詰まらないからね。どうも、伊神さんとしてはそれでいいらしかった。

——さて、それじゃあ。

伊神さんの声がまた小さくなった。東さんに向き直ったようだ。——なぜ君が立花の噂を流して、あんなトリックまでやってのけたのか訊こうか。

沈黙。伊神さんは今度は根気よく待つのかと思ったら、十秒もしないうちに言った。——話さないというなら、さっき言った通りに。

血も涙もない。

——言いますよ！　東さんがいらついた様子で遮る。

——壁男の噂が流行ってたから、ちょっと悪戯してみただけすよ。

——それがなぜなのかを知りたいんだけどね。

——ちょっと、面白《おもしれ》えかな、って。

——言いたくないなら僕から言ってあげようか。君は密かに立花のことが、

——気になってただけすよ！　あの人、いきなり行方不明になるし、高島は知ってるのに教えてくれねえし。

かたあん、と大きな音。襖がいきなり全開され、僕は驚きのあまり「ひえ」と声を漏らしたきり動けなくなった。部屋の冷気が体にあたる。

……あちゃあ。見つかった。

ミノを見る。ミノも動いていなかった。僕同様に硬直している。

ごつ、と音がして高島先輩が視界に現れた。

「いたっ。……ちょっと東、どういうことなの」

高島先輩はお構いなしに東さんに詰め寄る。東さんは伊神さんと顔を見合わせる。伊神さんはすぐ、視線をそらしてごまかした。

「高島……」

「あんたがやったの」

東さんは伊神さんを睨む。伊神さんは視線をそらしたまま、東さんからつつ、と離れた。

こりゃ、もうしょうがないな。僕はもぞもぞと尻を動かし、押入れから出た。

「葉山……三野？」

すいません、と謝ろうとしたが、高島先輩がそれを遮る。「東。質問に答えなさい」

「いや、……」

「立花のことが好きだったんだよね」伊神さんが代わりに言う。東さんに睨まれた途端、また視線をそらした。「立花、可愛いもんね。……だから知りたかった。なぜ行方不明になったのか。今はどこにいて何をやっているのか」

高島先輩が伊神さんを見る。

「ところが何の事情があるのか、ひかるちゃんは教えてくれない。そのうちにどこかから『死んだ』という噂が流れて、東君はますます落ち着かなくなる。……それとも、死んだ、っていうのも君が流したの？」

「違いますよ」東さんの声が大きくなる。

「違うらしいよ」伊神さんは高島先輩に言う。この人だけ、まだかなりのんびりしている。

「そこで折良く……というか、とにかく壁男の噂が流れ始めた。みんな居残り練習ができず、ひかるちゃんは困っている様子だ。東君は考えた。もっと困らせてみよう」

「んなこと考えてねえすよ」

「いや考えた。壁男の噂に少し付け加えて『立花の幽霊が出る』と広めればどうだろう。ひかるちゃんは事情を知っているようだ。それなら、うまくすれば皆の前で否定してくれるかもしれない。立花は生きている、幽霊なんて出るわけがない……とね。さらにうまくすれば近況や連絡先も言ってくれるかもしれない」

僕はあまりの急展開に、まばたきも忘れて伊神さんを見ていた。「……そこまでして?」

「葉山君から聞いたところによると、ひかるちゃんは立花が生きていることを知っていたらしいね。東君もたぶん、前々からそう疑ってたんだろうね。だから思いついた」

高島先輩が僕を見る。僕はどうにもばつが悪く、肩をすくめた。

「ついでに言うと東君、君の家は金持ちだというけど、日本家屋に住んでいるでしょ」

「……そうです」

「え。伊神さん、今のはなんですか」

しかし伊神さんは僕を無視してまとめた。「まあ、ちょっとした思いつきで試してみた、ということなんだろうけどね」

視線が東さんに集まる。東さんは下を向いた。かたや、伊神さんは名調子になって続ける。

「ところが、ひかるちゃんは立花の近況を説明してはくれず、幽霊が出るというところだけを否定しようとした。東君としては見込み違いだったわけだね。さあ困った。せっかく流した噂が台無しだ。ペケペンペン」

「なんですかその効果音は」

「そこで東君はあの日、秋野君の頼みを断って、あのトリックをやってみせた。スポットライトは前から講堂にあって、目をつけていただろうね」

「……私のせい……ですか」高島先輩が呟く。

「いやそんなことはないよ。それはない」伊神さんは初めて慌てた様子になって否定した。

「まあ、とにかくトリックは成功して、立花幽霊説が広まった」

「しまったあ。おれ広めちまった」ミノがのけぞる。

「さらに都合のいいことに、葉山君がうまい具合に立花のことを訊いて回ってくれるらしい。東君はほくそ笑んだ。にやり」顔の実演が入ってきた。「東君、目的の半分くらいは達成したよね？　とりあえず立花は元気にやってるって分かったわけだし」

「それなら、なんでいきなりいなくなったんだよ？」東さんは開き直った様子である。高島先輩に逆に詰め寄った。「知ってたんなら、なんで言わないんだよ」

「そんなに知りたかったなら、そう言ってくれればよかったじゃない。そしたら立花先輩に打診してあげたのに」

高島先輩の勝ちであった。言葉に詰まった様子の東さんに代わって、伊神さんが答える。

「秋野君の手前、あまり大っぴらに騒げなかったからね」

高島先輩の視線が伊神さんと東さんを往復し、東さんのところで止まった。「……ちょっと、あんた」高島先輩は、自分より三十センチ以上背の高い東さんを見上げて詰問する。「本当は立花先輩が好きだった、っていうの？」

　東さんは黙って視線を落とす。その東さんを高島先輩が叱りつける。「一体これまで何人、手出したの？　あれ全部何だったの？　いいかげんにしなさいっ」

　ひっぱたきかねない剣幕の高島先輩を前に、東さんはうなだれる。悪戯を見つかって姉に叱られている弟、というところだった。ちょっと笑える。

「ちょっと待てこら」僕の背後から声がした。ミノだ。「てめえ、じゃあ秋野はどうなるんだよっ」

「はい三野君、落ち着こうね」いつの間にか音もたてずにミノの背後に回っていた伊神さんが、東さんに駆け寄ろうとしたミノをがっちりと押さえる。「いて、いててて」ミノが悶《もだ》えた。どこか関節を極《き》められているらしい。

「痛え、伊神さんちょっと痛いすよ」

「暴力はよくない」

「分かりましたよっ」

　ミノがおとなしくなったのを確認して、伊神さんは手を離した。それから東さんに言う。

「東君。君のしたことが誰に迷惑をかけたか、っていうと難しい。でも、被害者らしき人がいないとは言えないよね」

　その後は高島先輩が続けた。「麻衣に全部話しなさい。それと、二度とウチの部員にちょっかい出しちゃだめ。あんたのせいでどれだけドロドロしたと思ってるの」

伊神さんが意地悪に締めた。「でないと、吹奏楽部全員にばらすよ。可愛い子を中心的に」

僕は横から言った。「伊神さん、それ、なんか矛盾してます」

「うん。微妙に矛盾してるね」伊神さんは笑顔で僕に頷く。その笑顔のまま東さんに言った。「その代わり、立花が今どこで何してるのか、分かったら教えてあげるよ」

東さんは動かない。高島先輩がやれやれ、という様子で溜め息をついた。

しかし立花先輩については、「分かったら」もへったくれもなかった。

戸がノックされる。「……あのう、部長」入ってきたのは秋野である。

「麻衣……」高島先輩がぎくりとした。聞かれていたのだろうか？

しかしその秋野に続いて、赤ん坊を抱いた綺麗な女性が入ってきた。高島先輩が呆然として漏らす。「立花先輩……」


「いつなのかすぐには分からなかったんだけど、妊娠しちゃってね」

立花さんは重大なことをあっさりと話した。「まあ種馬は分かってて、その頃つきあってた彼氏なんだけど。あの男、妊娠した、って言ったら滅茶苦茶慌ててさ。まあ他人からみればよくある話なのかもしれないけど。ねえちょっと伊神、男ってのはみんなああなの？」

「みんなではないだろうね」伊神さんはなぜか憮然としている。

一方の立花さんは深刻な話にもかかわらず陽気に続ける。「まあそいつ大学生で金持ちのお坊ちゃんで、ちょっと洒落てていい男だな、って思ってたんだけど。ほんと、その時の慌てぶりっていったらもう。『堕《お》ろすよな?』ばっかり。あたしが何も言わないと、今度はどこで堕ろせばバレにくいかばっかり考え始めてさ。やっぱ見てくれがよくても駄目ね。男は度量だわ」

高島先輩と秋野に言う。「ひかるちゃん、男は外見じゃないよほんと。それと大学生は駄目。こっちが女子高生だって知って喜ぶような奴はさらに駄目。麻衣ちゃんも気をつけな」

なぜかミノがうんうんと頷いている。

「で、あたしキレてさ。『あたしの子供なのよ。産むに決まってるじゃない』って言ったの。そしたらあいつ、ネズミに耳かじられた時のドラえもんみたいに青ざめてさ」知らない人にはさっぱり分からない表現をした。「今度は『俺の子供なのか?』ばっかり。しかも最後は脈絡なくキレて出てって、それっきり音信不通」

「ひどい……」高島先輩が漏らす。

「いやもう、あの時はほんと絶望したわ」立花さんは明るく言う。「一時はほんと、堕ろそうかなって思ってたけど」

「見たところ、産んでるよね」伊神さんが、赤ん坊と立花さんを見比べる。赤ん坊は立花さんのマシンガン・トークも構わず、というよりそれがむしろ子守唄になっているかのようにすやすやと可愛い寝顔を見せていた。

立花さんはその寝顔を見て目を細める。「だってさ、こんな可愛い寝顔見ちゃったら、産みたくなるでしょ?」

「時系列が混乱してるよ」

「ま、あたし体力も自信あるし、安産型だし、まあ産んでから育て方は考えようかな、って思って」

「すごい……」秋野が感嘆の声をあげる。しかし、勇敢なのか無謀なのか。

「凄いけど、無謀過ぎる」伊神さんは一人俯《うつむ》いたまま言った。「まあ、立花らしいけど」

「で、とにかくお母さんに相談したの。そしたら」

「立花、たしか君の母上は」

「そう」伊神さんを指さす。「すっごい世間体気にする人だからさ。開口一番『バカ！』で殴られて。まあ、覚悟はしてたけどね」

「よく堕ろせって言われなかったね」

「言われたけど、なんかもにょもにょやってるうちに二十二週過ぎたの。もうお母さん、最初は怒って、それから泣きだしてさ。さすがにあの時は悪いと思ったけど。……まあとにかく、お母さんもう鬼の形相で『誰にも知られるんじゃないよ』って」

「そうだろうね」伊神さんは腕を組んで頷く。どうも、立花母を見たことがあるらしい。

「まあ、そんなこんなで。お腹大きいまま学校行けなかったわけなの」立花さんは僕を見た。

「君が葉山君だね。……ごめんね、騒がせて」

「いえ、僕はそんなに」やっぱり綺麗な人だ。まっすぐ見られるとちょっと落ち着かない。

立花さんは高島先輩にも頭を下げた。「ひかるちゃんもごめん。もっと早くに発表しとけばよかったんだけど。誰にもバレないようにする、っていうのがお母さんとの約束だったから」

「いえ、いいですそんな。……先輩、大変そうでしたし」

「ま、とにかく学校にはバレるな友達にも言うなで。……まあ、誰かに知れたらすぐ噂になっちゃうからね。ご近所で。……で、学校もなんだか分かんないうちに辞めて、お母さんの実家に引っこんだわけ」

それで行方不明か。

立花さんはちょっと申し訳なさそうに苦笑した。「ひかるちゃんみたいに、心配してすぐ電話してくれた人には、こっそり教えといたんだけど。……まあ、お母さんがぴりぴりしてたからね」

立花さんは少し寂しそうだった。「私を実家に連れて帰ったのだってそうでしょうね。お母さんは『いい医者がいるから』とか『静かな環境の方がいい』って言ってたけど、半分は私を隠したかったからだと思う。……ま、お母さんにはずいぶん苦労させちゃったかな」

僕は本心から言った。「……大変でしたね」

そこで再び戸が開いた。入ってきたのは百目鬼先生だった。「久美子《くみこ》、携帯置きっぱなしだったぞ。義母《かあ》さんからメッセージ入ってる」

「あ、ごめん」立花さんが素早く応じる。

「……『久美子』っ?」

伊神さんを含め、全員が綺麗な協和音で言った。

……百目鬼先生。なんですか「久美子」って。

僕は驚愕のあまり口を開けたまま、よだれがたれかかるまで呆然としていた。百目鬼先生は僕をみとめ、照れた様子で頭を掻く。「俺たち、結婚するんだ」

立花さんが嬉しそうに続ける。「そう。ここからが凄いの。あたし、何も言わずに辞めちゃったでしょ？ 悟《さとる》さん凄く心配してくれて」

「……『悟さん』っ？」今度は不協和音だった。

「ちょっと照れるな」百目鬼先生は立花さんの隣に座る。「まあ、ようやく三日前、お許しが出てな」

「見て」立花さんが手の甲を見せる。銀色の婚約指輪が光っていた。

「立花がいきなり辞めたもんで、気になって仕方がなくてな。担任として、っていう領域は超えてると分かってたんだが……。高島に問《と》い質《ただ》したら、母親の実家に帰ったというから」

「えっ、先生、私『愛媛』としか言ってませんよ」高島先輩が目を丸くする。

「まあ、お前だけじゃなくていろいろな奴に訊いたからな。だいたいの場所は分かった」

執念だ。東さんなど足元にも及ばない。

「それでね、もう、悟さんすっごい熱いの」立花さんが興奮気味に続けた。「松山まで車で何度も来て探してくれたんだって。でね、ここからが凄いの。あたしが散歩に出てるのを車から見つけてさ、ドブ川の向こうから『たちばなー』って叫んで」

普段の百目鬼先生からは想像がつかない。双子の兄弟でもいるのではあるまいか。

「素敵……」秋野が羨望《せんぼう》の眼差しで立花さんを見る。

「あたしも最初『うそっ？』って思ったけどさ。ほんと夢じゃないかって」

「言うなよ。恥ずかしい」

「いいじゃない」

「お前、生徒なんだぞこいつら。これからも顔合わせるのに」

「えへへ。もう言っちゃったもんね」立花さんは百目鬼先生にもたれかかる。なんのことはない。いちゃついているのである。

立花さんはもたれかかったまま喋る。「でね、ぜんぶ話したの。そしたら悟さん『俺の子供だと思っていいか』って。嬉しかったなあ」

「あのう」僕は百目鬼先生を見た。「立花さんとは、前から？」

「ううん。そうじゃないの」立花さんが先に答えた。「前から好きだったけど、まあ教師と生徒だからなあ、って諦めてたの。そしたら、悟さんも同じこと考えてたんだって」

「いいなあ……」秋野はすでに夢見る眼差しである。

「いいでしょ？」立花さんも至福の表情だ。「普段はあんまり冴えない人なんだけど、いざとなると熱いんだよね」今度はのろけている。

「まあ、そういうわけでな」百目鬼先生はいいかげん顔が赤くなってきている。「ここのところ、ここと松山と往復したり、まあ、こっちで住むところ探したりでな。ちょっと、部活の方はおろそかになっていたわけだが。……すまんな葉山」

「いいえ、そんなことは」いつもおろそかですから、とは言えない。「制作がひと段落したんだな、と思ってましたから」

「ああ。それはまあ、少し前にひと段落したんだが……」

「そういえば、いつもと違って見せてくれないんですね」一枚描きあがると僕に見せて、いろいろと検討するのがいつもの百目鬼先生である。

「……まあ、それには事情があってな。今見せるよ。俺は恥ずかしいんだが、久美子《こいつ》がみんなにも見せろって言うから」

「いいじゃん。いい絵なんだから」

百目鬼先生はなぜか立花さんに「本当に見せるのか?」と確認している。立花さんは早く早くと急《せ》かす。

百目鬼先生はちょっと立ち上がって、すぐにカンヴァスを持って戻ってきた。「タイトルはまあ、勘弁してくれ」

感嘆の声があがった。百目鬼先生の絵には、裸体の立花さんが赤ん坊を抱いている姿が描かれていた。柔らかなタッチに淡く優しい色彩。画面からは光が溢れ出るようだ。印象派の誰それに喩えた賛辞をいろいろ考えたが、どれもうまくいかなかった。僕は素直に言った。「見事です」

「おう。サンキュウ」百目鬼先生は照れて笑う。

「こんなタッチ、持ってたんですね」

「素敵……」

「ね。あたし綺麗でしょ？」

「綺麗。スタイルいいです」

「産後でちょい太ってるんだけどね」

「おお……ヌードだ」ミノは絵と立花さんを見比べる。「凄《すげ》え」

「見比べるなっ」僕がつっこむと、全員が笑った。

笑い声で目が覚めた様子で、立花さんの腕の中で赤ん坊が泣き始めた。「おっ、天《てん》ちゃんお目覚めかな？」立花さんがママの口調で言う。

「久美子、行こう。義母さん待ってる。……玄関前に車、回すから」さりげなく絵を包み直しながら、百目鬼先生もパパの口調だ。

立花さんは去り際、ほんとにお騒がせしました。と言って神妙に頭を下げた。なんだか僕たちの方が恐縮してしまう。

百目鬼先生が付け加える。「葉山、ありがとうな」

「いえ。……はあ」

「実のところはなあ」百目鬼先生は小声で言う。「お前が吹奏楽部のこと教えてくれたおかげで、久美子の母親に話す踏ん切りがついたんだ。それまではおっかなくてな」

百目鬼先生はやはり相当照れているようで、僕の反応も見ずに去っていった。続いて去りかける立花さんに、高島先輩がしみじみ言う。「でも立花先輩、元気そうで良かったです。一時はちょっと心配でしたから」

立花さんはにっこり笑う。「……うん。ひかるちゃんに一番心配かけたし、お騒がせしたかもね。でも、この通り幸せだから」それから付け加えた。「でも、私はうんとついてる方なの。産めない人も、一人で育てなきゃいけない人もいっぱいいるからね」

伊神さんは短い沈黙の後、呟くように言った。「君は昔からついていた」

それから、ようやく微笑みを見せて言った。「立花、なんだか大人になったね」

「伊神も、子供できりゃそうなるよ」

「僕は父親にならなそうだよ」

「あんなの、気がついたらなっちゃってるもんだって」立花さんはちらりと手を振って去っていった。なんかタフであった。

なんとなく溜め息が残る。僕は脱力して言った。

「……一件落着……ですね」

伊神さんも、疲れたように溜め息をついて言った。「……まあ、一件落着だろうね」

しかしすぐに立ち上がった。「いや、まだだな。壁男の方は分からないままだし、それにこちらも」伊神さんが振り向く。「東君」

そういえば、東さんの立場を忘れていた。見ると、可哀想に東さんは口を半開きにしたまま幽体離脱せんばかりの惚《ほう》けぶりで硬直していた。

しかし伊神さんは追い討ちをかける。「さっき言ったこと忘れてないね」

東さんは目をそらす。伊神さんは有無を言わせぬ様子である。

「百目鬼先生と自分を比べて分かったでしょ。結局、君はどっちも片手間だったんだ」

それから秋野に言う。

「秋野君、君も残ってくれる？　東君が話があるようだよ」伊神さんが言うと、秋野は少し緊張した面持ちで東さんを見た。東さんはまだそっぽを向いている。

伊神さんに促されて和室を出る。ミノは最後まで二人の様子を気にして振り向いていた。

伊神さんが後ろ手で戸を閉めた。まあ、僕たちが関与するのはこれでお終いだろう。あの二人がこれからどうなるのか、それは僕の知ったことではない。

階段を下りる途中、伊神さんはちょっと首を傾げて呟いた。「……やれやれ。立花がもうちょっと早くまわりに報告してくれれば、それで済んでたんだけど」

「お母さんに言われてたみたいですからね」

伊神さんは感慨深げに遠くを見る。「……黙って松山まで従うなんて、丸くなったのかなぁ。昔はよく母親と喧嘩してたけど」

それには高島先輩が答えた。「……変わったのかどうかは。でも……」苦笑交じりに微笑んで伊神さんを見る。「……私、分かります。母親には逆らえませんよ」

「いや、ひかるちゃんは親孝行だからね」

「そうじゃなくて。……彼氏が音信不通なのに、その上母親とまで喧嘩したら……立花さん、一人で赤ちゃん産まないといけなくなります。……いくらなんでも、それは不安ですよ」

「なるほど」伊神さんは自分の額を指で弾いた。「……これはどうも、思慮不足だった」実は僕も、高島先輩に言われるまでよく分かっていなかった。

再び階段を下りだす。僕は思い出したことがあって訊いた。

「伊神さん、そういえば東さんに『日本家屋に住んでるね？』って確かめてましたけど。……あれ、どういうことなんですか？」

「ん、あれはちょっと思いついただけなんだけどね。……東君があのトリックを思いついたきっかけが、そのあたりにあるんじゃないかな、って」

「……日本家屋が？」

「ほら、『必殺仕事人』ごっこ、やったことない？」

「なんですか？」

「ないかなあ。障子に影を映して遊ばなかった？」

「……はあ」

「まあ、そういうことがヒントになって思いついたんだろうな、っていう推測だよ」

「……なるほど」

ミノがいない。振り返ると、ミノは階段の途中で、和室を振り返ったまま立ち尽くしていた。

「ミノ」

「……ん、ああ」ようやく、のそのそと下りてくる。

僕は言った。「待ってたら？」

ミノは迷った様子で和室をちらちらと振り返る。

「……でも、なんて声かけていいか」
「声かけなくてもいいんじゃないの？　いれば」
まだ迷っているミノの背中を押すつもりで続ける。「……お前、らしくないよ。いつもなら
チャンスだ、って言って進んでにじり寄ってくのに」
ミノは和室に向き直った。「そうだった。……振られて落ちこんでる女ほど陥《お》としやすいも
のはない」拳を握る。「チャンスだ」
和室の前に陣取るミノを置いて、僕たちは階段を下りた。そこで僕は、立花さんたちに言い
忘れたことがあったのに気付いた。
廊下の突き当たりまでガラクタをかわしながら走る。窓を開けると、立花さんと百目鬼先生
は並んで本館の陰に消えるところだった。僕は大声で呼び止めた。「立花さん、百目鬼先生」
二人が振り向く。僕はありったけの声で叫んだ。
「おめでとうございます」
「ありがとう」立花さんが大きく手を振って叫び返す。僕を押しのけて伊神さんと高島先輩も
手を振った。
「先輩、おめでとうございます」
「いい本を読ませろよ。僕がチョイスして持って行くから」
「いつでも来なさい。あんたも受験勉強、ちゃんとしなさいよ」立花さんも応《こた》える。天くんが
派手に泣きだし、二人は慌ててあやし始めた。

雲が晴れ、真っ赤な夕日がさした。世界中に祝福されているようで、二人が羨ましかった。

一方の芸術棟は、第二別館の陰になってとっくに暗くなっているのであった。

・まず、細くて見えにくく、しかも丈夫な紐を用意する。
・壁男に見せかける何かしらを用意する。なるべく軽くて、コンパクトにまとめられるものがいい。伊神さんは模造紙を用意し、僕に壁男の絵を描かせた。
・それに紐をつける。で、演劇部の物置にセットする。
・隣の空き部屋に移動。窓越しに紐の先を受け取る。
・演劇部物置の窓を閉める。紐は窓に挟んだままだ。
・で、窓から身を乗りだし、長めの棒を使って演劇部物置の窓を開ける。……壁男出現！
・そして、紐を引っ張って回収……

……できなかった。窓枠のどこかに引っかかっているのだ。窓から身を乗りだすが、やはりうまく引っ張れない。

隣の窓から伊神さんが顔を出す。「だめかい？」

「駄目です。やっぱり引っかかっちゃいますよ」

「分かった。もういいよ」伊神さんはさっさと引っこんだ。

演劇部物置。伊神さんは、僕の描いた壁男の絵と睨めっこしながら考えている。「やっぱり、引っ張るのは無理だね。まあ、もともと無理だとは思ってたけど」

「そうですか」僕に絵まで描かせたのはなんだったのだ。

「うまく引っ張れない、というだけじゃない。暗かったとはいえ、ひかるちゃんと東君が見ていた。窓から何か出し入れするのは危険だ。それ以前に音がする。窓から身を乗りだしてがたがた作業した、というのは非現実的だろうね」

そういえば、ＣＡＩ室も窓を開けていたのである。妙な物音が聞こえた記憶はない。

「すると……」僕は伊神さんが続けて何か言ってくれるのを期待したが、伊神さんは黙ったままだった。

伊神さんは壁男の絵を丸めて僕に渡した。「はい。これは君にあげよう」

描いたのは僕だが、こんなものは要らない。

「まず、整理してみよう」伊神さんは窓を閉めて振り向く。「僕たちは向かいのＣＡＩ室から、ここに人影があるのを見た。人影は動いて手招きした後、ふっと消えた」

「動きましたよね」

「うん。それがどうも不思議だね」

伊神さんと頷きあう。

部屋を見回しながら伊神さんが言う。「僕もいろいろ考えたよ。立花のときと違って今度は影どころじゃなく、ちゃんと人間が見えていた。部屋には隠れる場所はなく、ドアは外から鍵がかかっていた。窓からの出入りはないということだったけど、仮にあったとしても、さて」

伊神さんは窓際まで進む。窓を開けて下を覗いた。「三階だしねえ」

冷気が吹きこんでくる。「寒いね」伊神さんは呟くが、窓は閉めなかった。

「とりあえず、考えられる可能性を三つに分類してみたんだけど」伊神さんは指を三本立てた。

「第一。僕たちが壁男の出現場所を誤認したケース。壁男……というかそれを模した何かはこの部屋の中にはなくて、僕たちは別の場所にいる壁男を、この部屋の中にいると誤認させられた」

僕は記憶を掘り起こしてみる。しかし、あれはどうみてもこの部屋の中にいるように見えた。

「……隣の部屋と間違える、とかですか」

「そういうトリックもミステリーにはあるけど。……どうもこれは違いそうだね。CAI室はこの部屋のほぼ正面で、しかも十メートル程度しか離れていない。僕たち四人が同時に、隣の部屋と見間違えるわけがない。僕はあの時まず『青の部屋』の印象を受けたけど」

「……なんですか？」

「ステージマジックの傑作だよ。鏡を置いておいて、別の場所にあるものを目の前にあると誤認させる。……でも、これはどうも無理だ」伊神さんはCAI室を振り返る。「ここからCAI室の間には、鏡を設置する場所がない。CAI室のベランダじゃ、さすがに近すぎてばれる」

「伊神さん、窓を開けてましたよね」

「うん。……で、第二。出現場所はここで、なんらかの方法で脱出してみせたケース。……これは細かく分けると、僕たちが見たのが『二のA・人間であったケース』と『二のB・人間以外であったケース』に分けられる」

「人間、って……首がありませんでしたよ」

「そういうものは簡単だよ」伊神さんは周囲を探し、配線関係の小物が詰められている黒いゴミ袋を引っ張り出した。「これ被《かぶ》ってみて」

「被るんですか……」

僕が埃臭い袋を被ると、伊神さんは満足げに言った。「うん。充分」

「確かに充分ですね」袋をとる。「暗闇なら首がないように見える」

「うん。でもちょっと、傍目には間抜けだったね」伊神さんは真顔で言う。「まあ、こんな感じで扮装して立っていればいいよね。ただしこのままだと暗すぎて姿がよく見えないから、服の中に電球を入れるとか、フットライトで照らすとかをやって、ちょっと光ってみせる。素早くしゃがめばとりあえず、すっ、と消えたように見えるかもしれない」

「冷静に考えると恥ずかしいトリックですね」

「お化け屋敷の仕掛けなんか、そんなものだよね。……ただ、そこからが問題だ。どうやってこの部屋から脱出するのか」

僕は部屋を見回す。「……抜け穴なんか、ないですよね」

「一応、調べたけどね。隠れられるスペースも同様になかった。これだけ物が置いてあれば、その隙間に……とも考えたけど、これも無理だ。僕は明かりを点けた後、人が隠れていないかは念入りにチェックした。同様に、何か不自然な物が残っていないかもね」

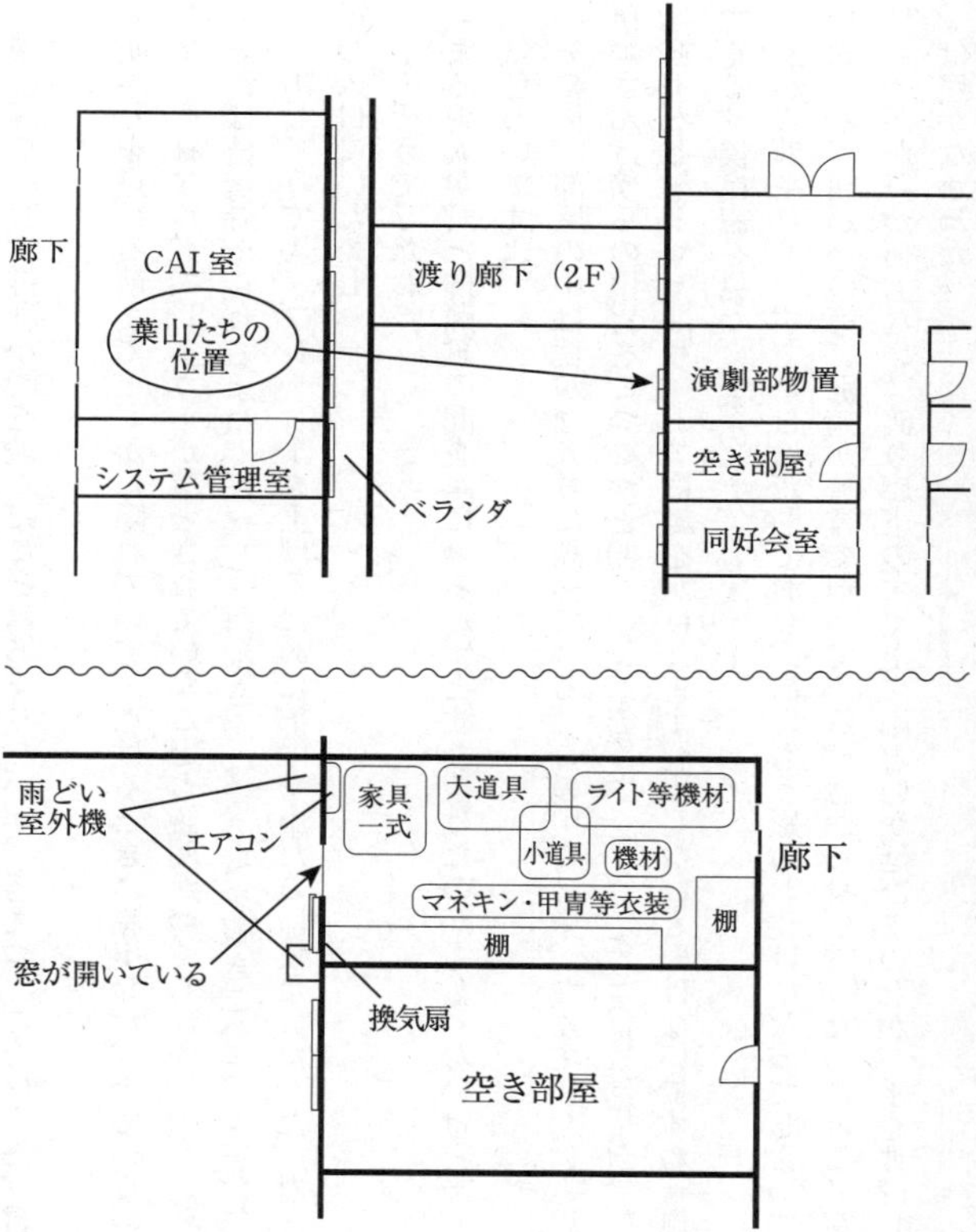

廊下
CAI室
葉山たちの位置
システム管理室
渡り廊下（2F）
ベランダ
演劇部物置
空き部屋
同好会室
雨どい
室外機
エアコン
窓が開いている
家具一式
大道具
ライト等機材
小道具
機材
マネキン・甲冑等衣装
棚
棚
換気扇
廊下
空き部屋

目撃時の状況

僕は腕を組む。推理小説を読んだことはあまりないが、考えつくことは全部、言ってみるつもりだった。

「明かりを点ける前までどこかに隠れていて、点けるときに脱出した、っていうのはどうですか？　それなら、ブレーカーが落とされていたことも説明がつくし」

「それは結構考えられるよね。ただし」伊神さんは僕の目を覗きこむように見た。「一昨日を思い出してみてよ。ブレーカーを上げるために部屋を出たのは僕だけだった。君と柳瀬君は部屋の入口にいたでしょ」

「……そうでしたね」

「まあ犯人が君と柳瀬君の間を『にゅるん』とすり抜けたのかもしれないけど」

「気色悪いですよ」

「その後、部屋の中は僕が念入りに調べている。この甲冑の中、なんて怪しいと思ったけど」

伊神さんは傍らの甲冑をこつこつと叩く。「さすがに、そんなところには何もなかった」

「とすると……やっぱり、ドアに鍵をかけたまま脱出しないといけないですね」風が吹きこんでくる。僕は窓を見た。「あの窓から？」

窓から外を見る。すでに日は落ちており、街はもう影のお化けになってしまっていた。正面を向くと、向かいの第二別館が無言で迫ってくる。窓から身を乗りだしてみる。窓のまわりにはとっかかりが何もない。渡り廊下のすぐ上に雨どいが延びていたが、手を伸ばしてもそこまでは届かなかった。

背中越しに伊神さんの声。「出られると思う？」

「……ちょっと無理ですね。手の届く範囲に、つかまるものが何も」

「うーん」伊神さんは僕の背中をぽん、と叩く。「その姿勢じゃちょっとなまっちょろいね。窓枠に乗ってみて」

「えっ」

「窓枠に乗った状態なら、どこか届くかもしれない」

「僕がやるんですか？」振り返ると、伊神さんは真面目な表情で頷いた。本気らしい。

「助手でしょ君」

やっぱり僕は助手らしい。

窓から下を見る。下はコンクリート。途中には何もなく地面まで一直線だ。……落ちはしないだろうな。落ちたら死ぬぞ。

僕は窓の内側に手を差し入れてそちらの手に全神経を集中させながら、部屋の中を向いて窓枠に上がった。とりあえず下は見ないことにして、そろそろと立ち上がる。

「手を伸ばしてみて」

「なんか落ちそうです」

「落ちないよ」

根拠はまったくない。僕はそれでも、窓枠の内側に残した右手を命綱に、左腕を伸ばしてみた。指先が雨どいに触れた。

「触れました。でも、足をかける場所がないですよ」

「飛び移ってしがみつけば脱出可能かな。飛び移ってみて」

「無理ですっ」僕は忍者じゃない。ジャッキー・チェンでもない。

だいたいあの雨どい、よく見えないが錆だらけなんじゃないのか。飛び移った途端にびきびき崩れる気がする。冷たい風が「びょえう」と吹いた。僕は一瞬体のバランスを失ったように感じ、右手に力を込めた。その右手の感覚も怪しくなったように思える。体がぞっと震えた。

しかし伊神さんはまだ言う。「渡り廊下に飛び移るのは？」

「無理です」どうやって踏み切るのだ。そんな危ない真似ができるものか。「戻らせてください」

「仕方がないね」

僕は部屋に飛んで戻る。だが床に足の踏み場がないのを忘れていて、積まれた角材の上に着地して足首を捻《ひね》った。「あいて」

「その様子を見ると、どうやら難しいね」うずくまった僕の後頭部に、伊神さんは一片のいたわりもない口調で言う。

「これ、無理ですよ。手を伸ばせば届くけど、そんなに身軽なことは」

「うん。ワイヤフックみたいなものを使えばひょっとしたら脱出可能かもしれないけど、ちょっと常人離れした身軽さが必要だね。……それ以前に目立ち過ぎる。いくら暗闇でも、人がばたばたしていれば気付かれるかもしれないよね。それに、がちゃがちゃ音も出る」あっさりと言った。「まあ、無理だろうなとは思ってたけど」

だったらやらせなくていいのに。

僕はのろのろと立ち上がった。捻挫《ねんざ》等はしていない。「この窓からは脱出不能ですね」

「いや脱出は可能だよ。飛び降りれば」

「死んじゃいますよ」

「あらかじめ下に何か敷いておく、とか、何かにくるまって飛び降りる、とか考えたけど、まあ無理だね。仮に隙を見て飛び降りたとしても、ぼすうん、って大きな音がしてしまう」

「それ以前に危なすぎます。三階から飛び降りてまで密室作らなくても」

「まあ、そうだよね。できる、と分かっていてもなかなかそれはやれない。犯人が烏天狗《からす》か何かでないとね」

風が吹きこむ。伊神さんは寒そうに首をすぼめたが、窓を閉めようとはしなかった。僕もいいかげん寒いのだが仕方がない。

「窓から脱出できない以上、二のAは無理だね。とすると二のB、僕たちが見たのが人間以外の何かだった場合だけど」

「なんだか、おっかない言い方ですね」

「……問題は『動いた』という点だよね。つまり、人形や書き割りではないということになる」

僕も頭をめぐらせる。この窓から回収できて痕跡を残さない物。しかも、僕が見た限りではかなり自然に動いていた。

「難しいですね……ドライアイスで人形を作る」

「どうやって動かすの」

「ですよねえ」

伊神さんは視線を正面に固定したまま動かない。あまりに動かないので呼吸をするのも忘れてるんじゃないかと思ったぐらいである。「……窓から何か回収するのは無理だ。見られず音もたてずなんていうのは……」

「ロボットに時限爆弾を仕掛けておいて、爆発させるとか」

「本気で言ってる?」

「すいません」

こんなやりとりをしている間も、伊神さんは動かない。口をM字形にして視線だけわずかに揺らしている。

そこでドアがノックされた。柳瀬さんだ。

「葉山くん、演劇部、もう帰るんだけど……どうする?」

「あっ、すいません」僕は伊神さんを見る。だが伊神さんは聞こえているのかどうかも分からない。「伊神さん」

「ん」

「伊神さん、出ましょう」

「んん」

絵に描いたような生返事であった。伊神さんを置いて廊下に出る。

「……伊神さん、どうしたの？　なんだかお腹、痛そうな顔して」

なるほど、そういう見方もあるらしい。

「いや、一昨日の……壁男が消えた、っていうカラクリを考えてるんですが……」僕は伊神さんを振り返る。「伊神さあん」

「ん」やはりだめだった。

と思ったら、伊神さんはいきなり床にうずくまった。何か拾い上げた。「おお、これは」

「どうしました？」どこからどう見ても変人だ。

伊神さんは拾い上げたものを僕に投げてよこした。「こんなものがあったよ」

僕がキャッチしたのは、何か昆虫の脚だった。「なんですかこれ」

「ゴキブリの脚だよ」

「ひえ」僕は慌てて投げ捨てた。「なんでそんなものを」というより、投げてよこさないでほしい。

「いや、それ何か気になってね」

「……はあ」僕は今投げ捨てた脚を探す。「どのあたりが、ですか」

伊神さんはしかし、すでに自己内部に潜りこんでしまっていた。呼んでもまったく反応しない。僕は後悔した。こっちにいるうちに連れ出せばよかった。

柳瀬さんは伊神さんの様子を見て面白がっている。「動かないね。落書きしてみようか」

「可哀想ですよ」そうは言ったが、本当に落書きできそうだった。

結局、なんだかんだ説得しながら伊神さんを引っ張り出すのに十五分かかった。伊神さんは廊下に出ても、まだ彫像のように動かない。ロダンの作品……というほど重厚ではなく、どこか哀愁と孤独感がある。ジャコメッティでどうだろう。

僕はすることがなく、ただ伊神さんのまわりをうろうろしていた。いろいろ考えてもみたが、もちろん謎は解けない。そうしているうちに、いったん部室に引っこんだ柳瀬さんが戻ってきた。「げっ、まだこのままなの」

見回してみると、すでに廊下には誰もおらず、静かになっていた。

「葉山くん、このお人形さんどうするの」

「どうしましょう。置いて帰るわけには」伊神さんは芸術棟の鍵を持っていないのだ。

柳瀬さんは僕の隣に来て、壁にもたれかかった。

「見事なストップ・モーションだね。演劇部に欲しいな」

「このまま作品にできそうです。ヴェネツィア・ビエンナーレに出品したかったたな」

脇で勝手なことを話していると、いきなり伊神さんは鋭い声をあげた。「柳瀬君！」

「うわっ、失礼しました」

「物置に何か、変わったところは？　他の部員から聞いていないか？」

「ないですっ」

「ふむ。葉山君！」

「はいっ」

「何でもいい。一昨日から今日まで、気になったことはないか？」

「いえ、何も……」言いかけて思い出した。「いえ訂正、ありました」

伊神さんの首がぐるんと捩《よじ》れ、こちらを向く。首以外は少しも動かないから不気味である。

「ひえ」

「見事なマイム……ウチの役者陣に見せてやりたいわ」柳瀬さんはなぜか見とれている。

「何が気になった？」

「あのっ、臭いが……あったような」

「臭い？」

「すいませんっ」なぜか謝ってしまう。今の伊神さんは、機嫌を損ねると雷を落としてきそうなのである。

「どんな臭い？」

「いえ、分かりません。……ただ、嗅いだことのないような……」

「そういうのは早く言うように」

「すいません」大魔神様、と続けてしまいそうになる。

「……臭い……臭いか。うん。とすると……」

「あの、気のせいかも」僕はおっかなくなって付け加えたが、伊神さんにはまったく届いていない。

伊神さんは結局、その後も「つながるぞお、もう少しでつながる」などと呟きながら考え続けていた。すでに夜である。いいかげん寒くなってきて、僕と柳瀬さんは顔を見合わせる。

「凄い集中力だね」

「しかし、どうしましょう……いえ柳瀬さんはべつに、無関係ですが」

「もう帰らない？　待っててもどうしようもないし、鍵を預けて」

「うーむ……」どうしたものかと思った途端、伊神さんが言った。「葉山君、帰っていいよ」

「じゃ、鍵を預けますね」そう言ったが、もう返事はない。

まあ、僕がいても役には立たない。それに腹も減ってきたし寒い。心配性の母親が心配するかもしれない。いいかげんで帰るべきだろう。……と思ったが、僕はやっぱり思い直して、伊神さんの傍らにしゃがみこんだ。

柳瀬さんが不思議そうに僕を見下ろす。「……帰らないの？」

「やっぱり残ります。柳瀬さん、お先にどうぞ」

伊神さんが僕をちらりと見た。僕は無言で頷く。

伊神さんが言う。「帰りなよ」

「いえ、いますよ」僕はちょっと苦笑して、伊神さんに言った。「……助手、ですから」

しかし伊神さんは言った。「いや、そのへんにいられると集中できないんだよね」

……僕は帰ることにした。

無言で口を尖《とが》らせている僕の隣を歩きながら、柳瀬さんは肩を震わせ「くくくくく」と、あまり遠慮せずに笑っていた。「せっかく決めたのにね」
僕は顔をしかめてみせた。「ああいう人なんですよ」

自宅に戻ってからもなんとなく壁男の謎が頭から離れず、僕は自室のベッドに寝転んだままずっと考えていた。

……あの壁男は動いた。動いた以上、本物の人間が扮していたのではないか。でもそれはどうやら無理だ。三階の窓からどうやって脱出するのだ。安全にそれでいて静かに。これは無理だ。だとすれば何か。たとえばあれは、映像だったのではないか。……たとえば、といったわりに、それしか頭には浮かばない。そうだ。動くのだから、生き物かロボットでない限り、映像ということになる。……たぶん。

だが。……そこで壁にぶつかってしまう。鏡像ではない。モニターなど部屋に置いておけるわけがない。回収する方法がないのだ。プロジェクターならどうだろう。別の場所から投影すればよい。しかし、スクリーンはどうするのだ。どちらにしろ、部屋の中から何かを回収しなければならないのは同じだ。

謎が頭から離れず、僕は夕食時も入浴中も黙ったままであった。母と妹に何やかやと話しかけられた気がしたが、どう受け答えしたのか覚えていない。時計を見ると、いつの間にか夜十時をまわっていた。

……いかんいかん。いつの間にかこんな時間だ。一体僕は何をやっていたのだ。これでは伊神さんと変わらないではないか。

そこではっとした。……まさか伊神さん、まだあのまま考えているのではあるまいな。

まさか、とは思うが、伊神さんならやりかねない。試しにメールを送ってみた。それから三十分ほど待ったが、返信はなかった。仕方がないので電話をかけてみた。しかし、十回二十回とコールしても反応がなかった。しばらく待ってから再びかけてみる。それでもやはり反応がなかった。

とすると、まさか本当にあのままなのか。ぶっ倒れてやしないか。確かめたいのだが、もう遅すぎて伊神さんの家に電話もできない。

窓の外の闇に目をやる。……まあ、芸術棟の中なら凍死などはすまいが。しかし、受験生なのにこんなことで体調を崩したら大変だ。……。

「ああもう、しょうがないなっ」

僕は立ち上がってコートを出した。伊神さんはまだ芸術棟にいる。なんとなく確かなような気がした。学校までは自転車で片道二十三分。無駄足なら無駄足でいい。夜の散歩だと思おう。

「どこ行くの」玄関のところで妹に見つかった。

「学校。遅くなるから」

「何しに行くの？」

ちょっと考えて、僕は答えた。「散歩だよ」

なんだか、大変な散歩になりそうな予感がどこかでしていた。

風がなかったので、大急ぎで自転車をこいだら二十二分と数秒で校門に着いた。体は温まったが太股が張っている。自転車を置き、正門を越えて市立坂を登る。本館を回りこむと、やはり三階の廊下に明かりが点いたままだった。文芸部の部室も明るい。玄関扉を引いてみると、鍵もかかっていない。

……あの人はまったく。疲れたとか腹が減ったとか、感じないのだろうか。

僕は玄関に入ろうとして立ち止まり、ちょっと考えてから学校裏のコンビニに向かった。

「……あれ、帰ってなかったの」

……これである。

「いったんは帰りましたよ」僕はどう見ても私服なのに。「……もう十一時ですよ。まだいたんですか」

「うん。……いや、ちょうど君を呼ぼうとしてたところだよ」

「はい？」……十一時なのだが。

僕は溜め息をついて、コンビニの袋を見せた。「どうせ何も食べてないでしょう。ぶっ倒れますよ」

「おっ、……そういえばさっきから、ぎゅるぎゅると奇妙な音がしていたような」

「それはたぶん腹の虫です」

僕が差し出した弁当とお茶を、伊神さんは笑顔で受け取った。「気がきくね」

伊神さんは無言で弁当をかきこみ、ホットのお茶をがぶりと飲んでむせた。「あち。む、これはホットだな」飲んでから気付いたらしい。

弁当をきれいに空にしてお茶をひと口。伊神さんはようやく落ち着いたようで、ぶふう、と長く息を吐いた。それから、だしぬけに言った。「解けたよ」

期待していた台詞とはいえ、こんなにさらりと言われると拍子抜けする。「……解けましたか」

「ただし、まだ理論だけ。実証がいるんだ、これは。……というわけで葉山君」

伊神さんは立ち上がって首をぐるりと回す。ごきき、という音が廊下に響きわたった。

「まず柳瀬君を呼んで」

「えっ」

「演劇部の物置を開けないといけない」伊神さんはこりこり、と指を動かした。「ちゃんと鍵で開けた方がいいでしょ」

あの部屋の錠は「ゴリラが要るくらいの錠」だったはずだが、伊神さんは開けられるらしい。

僕は呆れた。だったら、犯人はこの人じゃないのか。

「でも伊神さん、こんな時間ですよ」

「時間？」伊神さんは首を傾げる。「今何時なの？」

とぼけているのでないことはよく分かった。文字通り時間を忘れていたようだ。「十一時過ぎてます。こんな時間に呼び出せませんよ」

「いや彼女、君が呼べば来るよ」

「そういう問題じゃなくて」

「いいや。じゃ僕が電話しよう」伊神さんはコートの内ポケットから携帯を出して、さっさと柳瀬さんの番号をプッシュした。ろくに使わないはずの柳瀬さんの番号まで暗記しているのは凄いが、なぜアドレス帳に登録していないのかは不明である。柳瀬さんはすぐに出た。

「もしもし葉山ですが」

「何を言ってるんですか」僕はつっこんだが、電話口の向こうからは笑い声が聞こえてきた。柳瀬さんは夜でも元気だった。

伊神さんはほとんど用件だけを伝え、さっさと電話を切った。「すぐ来るってさ」

「迎えに行ってきます」

階段に向かいかけた僕の襟首を伊神さんがつかむ。「いや葉山君、君には別の仕事がある」

「……なんですか？」

「実験にはここの廊下を使う」伊神さんは南側の廊下を顎で指した。「ちょっとスペースが要るんだよね。ガラクタを片付けないと」

「はあ……」僕は廊下を見渡す。自作のひな壇、松の木の書き割り、何に使うのか分からない謎の木枠に内容物不明の段ボール箱。廊下には、埃《こじ》をかぶってどっしりと腰を据えたガラクタたちが消防法何するものぞという威勢で存在を誇示している。「……これを、ですか。どのくらい？」

「全部だよ」

僕はもう一度、廊下を見渡した。「……全部、ですか」

電話してから五、六分しか経っていないのにもう来た柳瀬さんと二人で、ひたすらガラクタの撤去作業を行った。廊下にはもうスペースがないので、アトリエの鍵を開けて中に運びこむことにした（やれと言った当の伊神さんは演劇部物置に籠って出てこなかった）。きつい作業にもかかわらず柳瀬さんは笑顔で手伝ってくれたが、何か呟きながら一人で首をひねっていた。

「……シアタートップスの大人計画でしょ。ラーメンズでしょ。チームナックスの東京公演[7]は外せないな。まあ、東京都現代美術館かディズニーランドくらいはつきあってあげてもいいか。ふふふふふふ」

僕と柳瀬さんが汗だく埃まみれでようやく南側廊下を本来あるべき状態にしたところで、伊神さんが段ボール箱をかかえて物置から出てきた。

「あれ伊神さん、それは」

「僕はこれを使うんだと思う。まあ、試してみよう」

本当は演劇部物置に出現させてＣＡＩ室から見るべきなのだろうが、さすがにそこまではできない。しかし廊下で試しても、壁男の実験は一応成功した。ただ、これを一昨日の状況で再現するには、それなりに練習がいるだろう。伊神さんはそう言った。

「ひかるちゃんたちに教えてあげよう」

伊神さんは案の定、そう言いだした。

「あの、日付変わっちゃいますよ。明日でも」僕は「やっぱり言いだした」と思いながらも一応止めた。むろん無駄である。

「明日にしたら、明日の夜まで待たないといけないでしょ。一日でも早い方がいいよ」

「もう寝てるんじゃ」

「その時は明日でいいから」

柳瀬さんと二人で手分けして呼び出しメールを送ると（伊神さんは僕のアドレスしか知らなかった）、とりあえず全員から反応があり、一時間後には芸術棟に集合できた。ただし秋野はもう寝ていたらしく目をこすっていたし、高島先輩は窓からこっそり出てきた、と話していた。

伊神さんが堂々たる威容で宣言する。

「謎が解けたよ」

明かりを消した三階の廊下で、僕は耳を澄ましていた。伊神さんに東さんに柳瀬さん、それに秋野に高島先輩にミノ。準備が整ったという合図はさっき送ったが、全員、まだ下で待たされているようだ。

――いつまで待たせるんすか。こんな時間に呼び出しといて。

全員が思っているであろうことを東さんが代弁していた。しかし伊神さんはリラックスして

（7）いずれも過去の公演。念のため。

返している。

――いいじゃない。君も関与した事件でしょ。

秋野や柳瀬さんもいるのに、伊神さんは平然と言っていた。

柳瀬さんの司会進行が入った。

――メールで連絡した通り、伊神さんが壁男の謎を解きました。つまり一昨昨日《さきおととい》、あれ、もう一昨昨日？　出た壁男はトリックだった……トリックで作れたことが判明したわけです。ま、壁男見てない人も交じってるけど、一緒に見て。

なるほど、よく通る声だ。

――うまいぐあいに風がやんでくれてね。

今度は伊神さんの声。――ＣＡＩ室に入れない以上、一昨昨日の状況そのままは無理だけど。

……まあ、トリックを理解してもらう程度の実演はできる。……じゃ、ついてきて。

伊神さんについて、ぱたぱたとスリッパの足音が続く。

さて、来た。僕はリモコンを持ってアトリエ前のガラクタの陰に隠れた。一応、演出上は僕がいることに気付かれない方がいいだろう。僕は息をひそめる。かすかに例の臭いが伝わってくる。

足音が上がってくる。伊神さんの声が響いた。「三階は今、明かりを消してある。壁男が出るのは廊下の、南側の突き当たりだ」

足音が三階に来た。僕には気付かず皆、南側を向いている。その背後から、僕はリモコンを操作した。

手を振る伊神さん……の、映像が浮かび上がった。どよめきがあがる。僕は再びリモコンを操作する。伊神さんの映像が消えた。

「おいおい……」

東さんが廊下奥に進む。「……何もないぞ。嘘だろ？」

「嘘じゃない。ちょっとしたトリックだよ」伊神さんが廊下の明かりを点けた。

蛍光灯の明かりの下、すべての状況が明らかになった。廊下の中ほどには黒いカバーを被せたプロジェクター。そして廊下の突き当たりには、スモークマシンで焚かれた煙が充満していた。

「葉山君、出てきていいよ」伊神さんに呼ばれる。

呼ばれる前に僕は出てきていた。ミノのように忘れられると思っていたのである。

皆が振り返る。その後ろから伊神さんが言う。「今、プロジェクターを操作するのと、スモークを廊下に充満させるのを、葉山君にやってもらったんだ」

その前に廊下のガラクタを全部片付けたのだが、それはまあいい。

伊神さんは皆を再び振り向かせて、話し始めた。

「僕たちが見た壁男は、プロジェクターで映しだした映像だったんだ。だからフルカラーだったし、動いていた。まあ、犯人が自作自演した映像だろうね。暗い空間で黒いゴミ袋を被って、血糊をつけて演技する。……その映像を、プロジェクターを使って演劇部の物置に投射する。

プロジェクターの方は芸術棟じゃなくて、第二別館のベランダに仕掛けてあったんだろうね。CAI室の前に置いておくのが不安なら、隣のシステム管理室から投射してもいい。窓が開いていたのもそのためだね。窓ガラスが閉まっていると、映像は窓ガラスに映って二重になってしまう。これじゃ、部屋の中にいるように見えないからね」

　伊神さんは皆を均等に見渡して、講義調で続けた。「さて、ここで問題になるのが、プロジェクターの映像を何に投射するか、だよね。物置のドアは閉まっていた。窓は開いていたけどひかるちゃんたちが監視していたし、CAI室の窓も開いていた。見えないように、しかも音もたてずに何かを出入りさせることはできなかった。通常使うようなスクリーンを部屋の中に設置しても、それを窓から出入りさせられないんじゃ回収することができない。そこで犯人がスクリーンの代わりに使ったのが、スモークマシンの煙だ」

　そう。僕が部屋に踏みこんだとき嗅いだのは、スモークの残り香だったのである。

「煙に……映像を？」高島先輩が言う。伊神さんは笑顔で返した。「山岳部の友人から、ブロッケン現象というやつを聞いたことがあってね。……『ワルプルギスの夜』って言った方が分かりやすいかな」

　逆に分かりにくい。しかし柳瀬さんは「ああ」と言って頷いている。

「要は、背中から光線を受けると、霧に自分の影が映る、っていう現象なんだ。それで気付いたんだよね。なにも、スクリーンは固体じゃなくてもいい。スモークは固体のスクリーンとは違って、音をたてずに窓から出て行くし、暗闇ではほとんど見えない。……それは、今君たちが体験した通りだよ。誰か、廊下の突き当たりに煙が溜まっているの、気付いた人いる？」

皆が顔を見合わせる。

東さんが口を開いた。「でも窓を開けてたら、煙はすぐ飛んでくじゃないすか。本当にできるんすか」

「できてるでしょ」伊神さんは廊下の突き当たりを指さす。突き当たりの窓は開け放されていた。「この建物は風がほとんど通らない。風っていうのは基本的に、入口と出口がないと通らないんだ。物置の窓だけ開けていても、もともと風のなかった一昨日じゃあ、ほとんど空気は動かなかっただろうね……さっき、僕の映像の周囲に若干、ゆらめきが見えたはずだけど、気付いてないでしょ」

落ち着いてつぶさに観察していれば、映像の周囲に煙のゆらめきが見えた可能性はあった。だからこそ犯人は、映像をすぐに消したのだろう。加えてあの混乱情況だ。

「まあ、こういうことだね。まず犯人は隣の空き部屋に隠れる。それから窓は閉めた状態で、演劇部の物置の中にスモークマシンの煙を充満させる。これはスモークマシンにチューブをつないで、外から換気扇に差しこめばいい。続いて犯行時刻になったら、窓から身を乗りだして、物置の窓を開ける。物置の窓は鍵がかかっていないから、孫の手みたいなもので引っ張るだけで開く。……これらの作業は、僕たちが芸術棟に注目する前に行われたから、換気扇からチューブを引き抜いて、孫の手で窓を開けるくらい、暗闇でやれば気付かれなかっただろうね。それから、ＣＡＩ室にいた東君に合図を送って、演技をしてもらう。東君は『足音が聞こえる』

と言って、みんなの注意を芸術棟に向ける。そうしたら犯人は、リモコンでプロジェクターのスイッチを入れる」

秋野が東さんを見る。さりげなく共犯をばらされてしまった東さんは、ばつが悪そうに目をそらした。

「僕たちに映像を見せた後、プロジェクターを切る。これで壁男出現、というわけ。懐中電灯が点かなかったのもそのためだね。懐中電灯ですぐに照らされては、さすがにスモークが見えてしまう。東君に指示して、点かないものを持ってこさせたんだろう」

「あの、伊神さん」ミノが挙手して口を開いた。

「ん」

「……そこまではいいんすけど、それ排気はどうするんすか。舞台で使うときだって、スモークはそこが問題で」

伊神さんは頷く。「うん。それは問題だよね。確かにあの時は、芸術棟の玄関が内側から閉められたり、三階のブレーカーが落ちていたりして、物置に明かりが点けられるまでには大分時間があった。でも、それだけじゃ排気は間に合わなそうだよね。見ての通り」

伊神さんは廊下奥を振り返る。煙は一応薄まっていたが、まだ目に見えるほど残っている。

伊神さんはつかつかと進んで、物置のドアを開けて明かりを点ける。

「でも、この部屋にはエアコンがある。——不思議なことに文芸部の部室にはついてないんだけど、それはまあいいとして。エアコンの風力を最大にして送風すれば、部屋の空気が循環するから……」伊神さんは手にしたリモコンを操作した。エアコンから風が吹き出て、伊神さんの前髪を舞い上げた。「……寒いな。まあ、こんなところだよ。短時間で排気できる」

伊神さんは寒そうに腕をさすっている。もうスイッチ切ればいいのに。「犯人は壁男が消えたらすぐにエアコンのスイッチを入れて、僕たちを待った。そして僕たちの足音が聞こえたところで……」なぜか僕を見た。

あとは僕が言え、ということらしい。「……スイッチを切った？」

「のではなく」否定された。「おそらく、外のブレーカーの方を落としたんだろうね。その方が隠れるのが簡単だし、物置が明るくなるタイミングを遅らせることができる」

自分で説明するなら、僕に振らなくていいのに。

「アンペアブレーカーを落とすと、部屋の電化製品はすべて止まる」

伊神さんは物置を出て、廊下のブレーカーを落とした。ばつん、という音が響き、廊下に闇と静寂がおとずれる。

「後は、僕たちがブレーカーを上げるのを待てばいい。これを上げると、電灯なんかは元通りに点くけど……」伊神さんがブレーカーを上げた。物置が明るくなり、切れかけている廊下の蛍光灯もあたふたと続いた。

だが部屋のエアコンは、静かに送風口を閉じた。「……エアコンは止まる。設定がゼロに戻るからね」

東さんも感心したらしい。「よく分かりましたね、こんなの」

「うん。まあ、偶然いいヒントが見つかってくれたんだけどね」伊神さんは少し声のトーンを下げた。いいかげん喋り疲れてきたのかもしれない。「僕はずっと疑問に思ってたんだ。あの日、なぜ九時過ぎになるまで壁男が出現しなかったのか？　あんまりじらすと僕たちが帰っちゃうかもしれないのに」

僕が応じた。「……雪が降ってきたから、ですか」

「そう。プロジェクターの出す光線自体は、空気中では見えない。でも、光線の通り道に障害物があれば、それに反射した光は見えてしまう。雪が降っているのにプロジェクターを点けたら、途中の空間に雪が浮かび上がってしまうからね。……それと」伊神さんは胸ポケットを探っている。「こんなものが見つかった」

伊神さんは胸ポケットから出したものを東さんに投げて渡した。

「何すかこれは」

「ゴキブリの脚だよ」

「ひえ」東さんはゴキブリの脚を投げ捨てた。「汚ねえ」

「……拾ってたんですか」

「いや、もう一本あってね」また拾ったらしい。

僕は半ば呆れて言った。「胸ポケットに入れないでくださいよ」

「うん、まあ、それはいいとして」伊神さんは僕の言葉を受け流して続ける。「あの脚、部屋の隅っこに落ちてたね。まあ、エアコンの使われた証拠だよね」

「……証拠、ですか。つまり……」

伊神さんはあくまでペースを崩さない。やはり、喋り疲れるなどということはこの人にはないらしい。「東君が今投げ捨てた脚は、まだ乾燥していなくて潤《うるお》いがあった」

「気持ちわりい」東さんが顔をしかめる。僕も気分が悪くなった。

「つまり、新しい死体だったっていうことだね。それが床に落ちていた。しかもなぜか、脚だけ取れていた」伊神さんは僕を見る。「……つまり？」

「えっ」

答えに窮する僕に代わって、柳瀬さんが横から言った。「そのコ、エアコンの中にいたんですね」

「正解」伊神さんが嬉しそうに微笑む。そして手を合わせた。「この部屋はずっと物置で、長い間エアコンは使われなかったからねえ。安心してエアコンの中で寝ていて、作動したフィンに巻きこまれてしまったんだろうね。ご愁傷様」

そして物置を振り返る。「物置の床には、まだ別の脚とか羽が落ちてたよ。残りの部分はエアコンの中に入ってるだろう。……これがつまり、最近にエアコンが使われたという証拠だね」

柳瀬さんが笑う。「よかった。掃除しなくて」そういう問題だろうか。

「結局、犯人にしてみれば」伊神さんも愉快そうに言う。「芸術棟の汚さが仇《あだ》になったね」

どこからともなく吐息が漏れた。

高島先輩が疲れたように言う。「トリック……だったんですね。私たちが見たのも、三野くんが見たのも」

伊神さんはすかさず否定した。「いや、三野君が見たのはトリックじゃないよ。このトリックはこの部屋でないとできないもの。CAI室では無理だよ」

「えっ」皆がミノに視線を集めた。

伊神さんがミノに言った。「……そうだろう？　三野君」

ミノは動かない。

「三野……が？」東さんが呟く。

動かないミノに代わって、伊神さんが話し始めた。

「最初に壁男を目撃したのは三野君。でも、あれは嘘だったんだ。三野君は、立花の幽霊がトリックによるものだと明らかになってしまったから、慌てて新たな目撃談をでっち上げたんだろうね。……壁男がなぜか第二別館の方に出たのも、そのためだよ」

ミノが……？　しかし伊神さんには確信があるようだ。

「そう考えないと辻褄が合わない。三野君があのとき、あの場所にいて壁男を目撃したのは偶然に過ぎない。僕たちみたいに、見るべくして見たわけじゃないんだ。……となれば、誰かがトリックを使って、三野君に壁男を見せる、なんてできるわけがない。トリックでないとすれば、嘘しかありえない」

このことについては、もっと早くその点に思い当たるべきだった。

考えてみれば、壁男出現時に柳瀬さんを呼びだそうと考えるのは、彼女の身近にいる人間でないといけなかった。身近にいて、彼女が芸術棟の鍵と物置の鍵を一緒に持っていることとか、僕のアドレスを知らないこととか、あとはまあ、その、僕の名前で呼びだせばすぐに来てくれて、しかもずっと待っていてくれることとか、そういうことを知っている人間でなければならなかった。ミノの演技が真に迫りすぎていたから、僕は考えもしなかったのだ。

伊神さんも言った。「三野君、いい演技だったよ。君は裏方にも向いてるけど、役者をやる才能もある」

柳瀬さんが小さく「使える」と言ったのを、僕は聞き逃さなかった。

ミノは頭をがしがしと搔いた。「……伊神さんに褒められると妙に嬉しいな」

「僕は本音しか言わないからね」

しかし、おとなしく自供するかと思われたミノは、突然口調を変えた。「でも伊神さん」伊神さんに向かって挑戦的に視線を送った。「証拠を見せられますか？　状況証拠じゃない。俺が真犯人だという物的証拠を！」

「おっと、そう来るか」

伊神さんは笑顔になった。「ふむ。どうしたものかな」

ミノはさらに演劇調になり、両手を広げた。「確かに理屈は通っています。しかし今のあなたの話は、すべてあなたの想像に過ぎない。この俺が」ミノの胸ポケットからファンファーレが鳴り響いた。ポケットの携帯がメールを受信したらしい。演技を中断されたミノは前のめりにずっこけた。「くそっ、いいとこなのに」

「バカ」

いきなりそう言ったのは柳瀬さんである。皆が振り返る。柳瀬さんは携帯を出していた。

「yhayama0429@****.ne.jp。……アドレス、戻し忘れたでしょ」

ミノは自分の携帯と柳瀬さんを見比べ、爆笑した。僕と柳瀬さんも笑った。伊神さんにつつかれて柳瀬さんが説明すると、全員が笑った。

ミノはひとしきり笑い、それから急に真顔になって、寂しそうに漏らした。

「……ここまで、か」

それから皆を見回し、高島先輩のところで視線を止めた。「……すんませんでした。犯人、俺です。壁男の噂、俺が流したんすよ」

「うん。堂々としていてよろしい」伊神さんが笑う。「……君は壁男の噂を流した。でもその後に、誰かがそれに便乗して立花の噂を流してしまった。……君は困っただろうね。壁男そのものは謎のままでも、立花の部分が嘘だと広まってしまった場合、壁男ごと信憑性がなくなりかねない。君としては、なんとしても壁男の信憑性は確保しないといけなかった」

ミノは照れたように頭を掻きながら続けた。「困ったっすよ。高島先輩が残る、って言いだしたの聞いた時は。で、まあ、幸い東さんがトリックかましてくれて、噂はますます広まったわけすけど」

僕は思い出した。「広めたのお前だったな。……じゃ、話を作り変えたのもわざとか?」

ミノは僕に言う。「まあ、一応……な。次の日になって話広めるとき、俺が踏みこんだことにしないと都合、悪かったんだよ。……悪《わり》い葉山」

「いや、それはもういいけど」

確かにミノの言う通りだった。幽霊が出たという話をしたとする。そこで「いや、踏みこんだのは葉山だから」と言ってしまったら、聞いたみんなは僕に詳しい話を聞きにくるだろう。一方の僕は、あれは幽霊かどうか半信半疑だった。だからおそらく、話の後にこう付け加えてしまうだろう。「……だけど、あれ本当に幽霊だったか分からないよ。誰かの悪戯かも」これでは噂が効果的に広まらない。

伊神さんが言う。「物置に入った泥棒というのは君。……だとするとこのトリックは前から考えてたね？」

ミノは素直に頷く。「まあ、そうす。……舞台に人が浮かび上がる、って演出、できねえかな、って考えてて。……排気の時間とか、結構練習も必要でしたから」

とすると、泥棒の本当の目的はスモークマシンを持ちだすことでもあったということになる。ミノは今度は、東さんに頭を下げた。「すんませんでした。脅して」しかし、ちゃっかり付け加えた。「でも、自業自得すよね」

高島先輩が言う。「じゃあ東の悪戯を見つけて脅してた、っていうのは三野くんだったの？」

「みんなと別れたあと、すぐ芸術棟に戻ったんすよ。トリックは分かってたから」

「凄いな」僕は思ったまま言った。

ミノは鼻をこする。「……ま、これでも演劇部で裏方やってるからな。蛍光灯の光とハロゲンスポットの光ぐらい、ひと目で区別つくさ」

「えらいっ」柳瀬さんがミノの肩を叩く。

「三野くん」高島先輩がミノに一歩、歩み寄った。「……噂、どうして流したの？」

ミノの表情がすっ、と厳しくなった。

ミノは黙っていた。それから、ゆっくりと高島先輩に頭を下げた。「……すんません。それは言いたくないっす。勘弁してください。……べつに、いいすよね？　そこんとこは分からなくても」

高島先輩は何も言えなくなったらしい。「……まあ、それでもいいことはいいけど」

ミノの様子からすると、ただの悪戯ではなさそうだ。いや、あれも演技なのだろうか？

しかし伊神さんが横から言う。「僕としては知りたいね」

ミノは咎めるような口調で言う。「伊神さん、もう解決はしたんだし、これでいいってことにしてくれませんか」

伊神さんは退かなかった。「謎を解いた僕には、知る権利があると思うんだけどねえ。それにこれじゃ、吹奏楽部にどう説明していいか分からない」

ミノは黙っている。伊神さんをちらりと見て、また視線をそらした。

ミノが口を開くより先に、伊神さんが言った。「一番考えられるのは、君にとってどこか、見られたくない場所があったということだ。怖い噂を流して人を遠ざける。……講堂のどこかに猫でも、隠れて飼ってるの？　それ、やめた方がいいよ。臭いがどうしても残る」

僕に手品をやってみせた時の子猫だろう。「……伊神さん、やったことあるんですね」

「うん。まあ、あの猫はその後、僕の友人が引き取ってくれたから。心配は要らないよ」

伊神さんはミノに視線を戻す。「でも、僕にはよく分からない。……だとしたら、壁男は特定の場所に出る、という設定になっていたはずなんだ。なのに、壁男は芸術棟全体を徘徊することになっている。一体、君が見られたくなかったもの、っていうのは何だい？」

ミノは黙っていた。だが、視線は落ち着かずにくるくる動いている。

長い沈黙の後、ミノは顔を上げた。

「……今、芸術棟には、俺らの他にもう一人います」

何だって？　全員が異口同音に反応する。伊神さんだけがその後に続けた。「人間飼ってるの？　大江健三郎だね」

「飼っちゃいませんよ。……ただちょっと、寝るとこ貸してるだけっすよ」

ミノは苦しげに言う。

「……それはつまり、ホームレスってこと？」柳瀬さんの問いに、ミノは黙って頷いた。

「……その人、どこにいるの」秋野が不安そうに訊く。

「いや、べつにヤバい人じゃないんだ。ただ、寒いのに風邪ひいて、辛そうだったから……」

僕は、何を言っていいのか分からなかった。

しかし伊神さんが口を開いた。「……なるほどね。つまり、その人のいる部屋から吹奏楽部を遠ざけようとしてた？」

「真っ昼間に芸術棟に閉じこもってるわけにもいかなかったすから。……朝は開いてからすぐに出ればよかったんです。鍵はいつも決まった時間に開くし、それからしばらくは誰も来ねえの知ってたから。でも、そうすると夜、入れないんすよ。……鍵は先生が持ってるし、締める直前までそこら中に吹奏楽部がいるし」

　ミノは自分のことのように言う。……つまり、壁男の噂を流したのは「吹奏楽部をどかすため」だったらしい。一階二階をアトランダムに闊歩する吹奏楽部が早く帰宅するか、少なくとも芸術棟中をうろうろする状況がなくなってくれなければ、なるほど出入りは困難である。

「やはり、そんなところか」伊神さんは溜め息をついた。「しかしね三野君。君のその考え、あまりうまくはいかなかったようだけど」

　伊神さんの言葉にミノは頭を掻く。確かに、あれで吹奏楽部が一掃できたわけではなかった。

「あんま怖がんねえ人もいましたね」

「それに加えて、君はもう一つ計算違いをしている。講釈は好きじゃないんだけど……」

　嘘つけ、と思うが僕は何も言わない。

「君の最大の失敗は、壁男を出現させてしまったことだよ」

　伊神さんの言うことが分からず、僕はつい訊いてしまった。「どういうことですか」

「つまりだね」伊神さんは僕の方を向いた。「人を怖がらせようと思うなら『怪談』に留《とど》めておくべきだったんだ。しかし三野君は壁男を実際に出すことで、『怪談』を『怪奇現象』にしてしまった」

伊神さんは分かりやすく説明してくれたつもりなのだろうが、僕はかえって混乱した。「どう違うんですか？」

「怪談は真偽がはっきりしている。つまり偽だ。怪談はそれでいいんだ。『あるわけがないが、もしあったらどうしよう』という恐怖が怪談の醍醐味なんだから」

「醍醐味ですか」

「しかしこれが怪奇現象になってしまうと、真偽が不明になる。『本当だとは思えないが、本当かもしれない』という興味が、怪奇現象の醍醐味だ」

「醍醐味でしょうか」

「……結果として、怪談は人を遠ざける方向にしか働かない。偽だと分かっている怪談の真偽を確かめても面白くないし、そもそも怪談は真偽の証明が不可能なものが多い。しかし怪奇現象は真か偽かはっきりしないから、つい確かめてみたくなる。つまり、逆に人を引きつけてしまう。本質的に人は皆、矢追純一(8)だ」

「それは言いすぎです」

それは伊神さんとか、伊神さんの親父さんだけだと思う。しかしミノはああ、と漏らして肩を落とした。「だいたい分かりました」

「つまり藪蛇だったんだね。取り越し苦労というか」

伊神さんはなぜか残念そうに言う。確かに、この人の好奇心をつついてしまったわけだ。

(8) ＵＦＯを追う人。

「取り越し苦労にしても、随分な苦労じゃない」

柳瀬さんが呆れたように溜め息をついた。「三野がそんな大胆なことするとは思わなかったな。隠れてる、っていうその人、赤の他人なんでしょ？」

「だからって！」

「分かってるって。べつに三野が悪いわけじゃないでしょ」

ミノは皆を見回しながら喋る。というより訴えていた。

「……今日だってこんなに寒いじゃないすか。あと二ヶ月は寒いままだ。それなのに駅は閉めちまうし、改装するつって追い出すし、公園のベンチまで寝られないようにしやがる。じゃあの人たち、どこで寝りゃいいんすか？　誰に迷惑かけるわけでもねえのに。……芸術棟、空いてるじゃないすか。寝る場所ぐらいいくらでも余ってる」芸術棟を見回す。「これ市の予算、無駄遣いして建てたんでしょ？　有効利用してもいいじゃないすか。あの人たち、駅から追いだしたのも市なんだから！」

「ミノ……」

僕は、何と言っていいか分からなかった。ミノは僕の知らないところで、ひどく重苦しいものに直面していたのだ。

ミノはがば、と頭を下げた。「お願いします。見逃してください。人一人いたって誰も迷惑しねえすよ。……葉山」今度は僕を見た。「お前の持ってる鍵、貸してくれよ。合鍵作ったらすぐ返すから」

ミノは昔、苛められっ子だったという。ミノの必死の表情を見て、なぜだか思い出した。あれはきっと、本当なんだ。だからこそ、ミノは。

それで僕は動けなくなった。どう答えたらいいのか分からない。……ミノは間違ったことをしているだろうか？　僕にミノを止めるべき理由が何かあるのだろうか？　僕が断ったら、そのホームレスは寒空の下に放り出されるのか？　放り出すかどうか、僕が決めなきゃいけないのか？

常識から考えれば、素性《すじょう》の知れない部外者を学校内に住まわせることなどできるわけがない。じゃあ、その「常識」の根拠は何だ？　常識っていうのは、寝る場所のない人間を一人、叩き出していいほどに大事なものなのか？

ミノは突き刺さってくるような目で僕を見る。こんな真剣なミノは初めて見た。僕はどうしていいか分からない。

しかし、伊神さんが言った。「三野君、それはだめだよ。その人には出て行って貰おう。その人、もう元気になったんだろう？」

「でも、」

「君がその人を助けたいのは分かるし、君の行動も結果としては正しかったかもしれない。でもね、芸術棟に住んでいるのは君だけじゃないだろう？　君は独断していい立場じゃないんだよ」

「伊神さん、住んでないですよ」

伊神さんは僕のつっこみに構わずに続ける。「決めるのは君一人。なのに何か起こった時のリスクは他の人も負う。そうはいかないだろう？」

ミノは聞かずに返す。「伊神さんじゃなくて、葉山に頼んでんすよ」

「それが一番良くないぞ」伊神さんの声が強くなった。「……葉山君に頼む、っていうのは禁じ手だろ？　君に鍵を貸せば、葉山君も共犯だ。その人を住まわせておいて、何か問題が起こったらどうする？　実は仲間がいるとか言われたらどうする？　その責任は葉山君が半分、背負わされることになるぞ。なのに君の責任は半分になる。じゃあ葉山君が断ったら？　そうしたら葉山君は、今度はその人を叩き出した責任を負うことになる。なのに君はなんとなく責任を免れる。君のしていることはそういうことだぞ。葉山君は僕と違って優しくて常識人だ。どれだけ悩むかぐらい分かるだろう？　友達なら、そこを考えてあげないとだめだ」

伊神さんが僕を庇《かば》ってくれた。……あまりに意外で、僕はつい言ってしまった。「……伊神さん、どうしちゃったんですか」

伊神さんは僕を横目で見て、少し照れた様子で言う。「立花の影響だ」

それからミノの肩を叩く。「……君はもう充分頑張ったよ。僕を三日間も手こずらせた……それじゃない、違う。……少なくともその人は、肺炎で死んだりすることは免れたんだろう？　それにね」

伊神さんの口調が優しくなった。「相手はいい大人だろ？　その人はたぶん、君のような子供が『保護して』あげなきゃいけないほど、弱くないよ」

伊神さんはうなだれているミノの頭頂部に向かって言った。「……というわけで、その人には今日限りで出て行って貰う。いや、追いだす」

しかし階段上から声がした。「その必要はございません」

ぱたん、ぱたん、とスリッパの足音が下りてくる。現れたのは、ひと目で分かるほどよれよれになったスーツを着た中年の男性だ。

「豊中さん……」ミノはそう呼んだ。

僕はその男性をぼんやりと見ていた。……この人が幽霊の正体。……そうだ。それに僕が昨日……正確には一昨日、追いかけた足音の正体だ。

豊中氏は僕たちに、深々と頭を下げた。「……大変、ご迷惑をおかけいたしました。申し訳ない。……この通りです」

伊神さんが最初に返した。「……健康ですね。見たところ」

「はい」豊中氏は丁寧に答える。「……おかげさまで、すこぶる体調も良くなっております」

「申し訳ありませんが、」伊神さんが言うのを豊中氏は遮った。「いえ、みなまでおっしゃる必要はございません。すでに充分過ぎる程お世話になっています。これ以上のご迷惑をおかけするわけにはいきません」

「豊中さん……」何か言いかけたミノに、豊中氏は頭を下げる。

「三野さん、本当にお世話になりました。あなたのような優しい方には初めてお目にかかりました」

「いえ、そんなじゃないすよ」ミノは鼻をこする。

伊神さんが豊中氏に訊いた。「あなた、どこの人ですか。家族は？」

「東京です」答えて、豊中氏は俯《うつむ》く。「家族は……」

豊中氏はしばらく俯いていた。唇を噛み、拳を握った。「借金がありまして。……逃げてきたんです」

「額は？」伊神さんは腕を組む。「逃げるほどでもないかもしれませんよ」

「いえ、かなり、ひどく……。……そう、酷かった」

豊中氏はようやく顔を上げた。「皆さん、消費者金融についてはご存じですよね」

「利用したことはまだ、ありませんがね」伊神さんが答える。

豊中氏はしばらくちろちろと視線をさ迷わせ、ふう、と息を吐いた。「お話しした方がよさそうですね」

皆の視線を確かめ、豊中氏は語り始めた。「……物語だとしたら、最初の一ページはどのシーンから始めるべきでしょうか――」

――豊中氏は落ち着いて、しかし真剣な眼差しで語った。「お気軽に」の広告に騙されて多重債務者になり、その債務を整理するという名目で、さらに債務を増やした。財産はすべて失い、このままでは家族にも累が及ぶ。選択の余地はなかった。自殺して、生命保険で払う。

「――もしかして、私のその選択すら、彼らの脚本に書かれているのでしょうか？　そんなはずはないと思うのですが……。つい、そこまで考えてしまうほど、追い詰められていました」

しかし豊中氏は死ねなかった。遺書を残し、車で湖に飛びこむまではよかったが、沈んでゆく車の中で気付いたという。自分がシートベルトをしていたことに。沈む車の中で豊中氏は笑い、脱出を決意したという。すでに車は水没していたが、浸水には時間がかかる。豊中氏は完全に浸水し、外との水圧が等しくなるのを待ってから、ドアを開けて脱出した。

……すごい落ち着きぶりだ。東さんが「すげえ」と呟いた。しかしなぜか伊神さんだけは、どこか冷酷な目で豊中氏を見ている。

豊中氏は苦笑した。「……自分の冷静さに驚きましたよ。脱出してから、背広を脱ぎ捨てて岸まで泳ぎました。岸に上がってから気付いたんです。何も、脚本通りに動いてやる必要はないと」

豊中氏は考えた。このまま放っておけば、妻が自分の遺書を見つける。自分は死んだことになるから保険金は支払われる。死ななくても問題が解決するわけだ。豊中氏はそのまま隠れることにし、路上生活を始めた。ただ、心配しているであろう妻にだけは電話をしていたという。

しかし、路上生活は誰にでもできるわけではない。冬が来て、抵抗力の弱まった体は簡単に平衡を失った。風邪をひいてぐったりしていたところをミノに助けられたのだという。ミノは四階の空き部屋に着替えや寝具を運びこみ、豊中氏が回復するまでそばにいた。「まこと、仏のようでした」

「そんなじゃないすよ」

ミノは手をはたはたと振った。隣の秋野がその様子を見て、安心したように微笑んだ。

豊中氏は決然とした様子で直立不動の姿勢をとり、僕たち全員にぐわっ、と頭を下げた。

「皆さん、この度は大変、ご迷惑をおかけいたしました」

「いえ」僕もつられて頭を下げてしまった。こんな大人の人にまともに頭を下げられたのは初めてだ。うろたえたのは皆同じようで、なんとなく会釈を返したりしている。伊神さんだけが、口を真一文字に結んで豊中氏を観察していた。

それから豊中氏は、スリッパの踵《かかと》をきゅっ、と鳴らしてミノに向き直った。「三野さん」

ミノはどういう顔をしていいか分からない様子で、落ち着かずにちらちらと視線を動かしている。

「今は、こうした形でしかお礼ができません」豊中氏は今度はゆっくり深々と、ミノに頭を下げた。「しかし、いずれもっと、ましな形でお礼がしたい。それを目標に、明日から出直します」

豊中氏はそれだけ言うと、荷物をまとめてまいりますと言って四階に消えた。皆、階段上を見上げたまま動けないでいる。

押し寄せてきたつかみどころのない感慨に、僕はぷかぷか浮いていた。

「……あんなに、まともに頭下げる人、初めて見ました」

僕が呟くと、伊神さんはふん、と鼻を鳴らした。「……まともに、ねえ」

「……伊神さん？」

伊神さんは無言である。

豊中氏はすぐに下りてきた。荷物はスポーツバッグ一つ。靴は持っていたようで、手にぶら下げている。

豊中氏が再び直立不動の姿勢をとる。「皆さん……」

その時、階下でドアの開く音がした。

まさかこんな時間にそんな音がするとは思っていなかったので、僕は思わず「わっ」と言ってしまった。誰か入ってきた。そんな馬鹿な。しかし足音が移動してくる。複数のようだ。豊中氏は言葉を切ったまま、耳を澄ましている。

東さんが眉をひそめる。「誰か来たぞ」

「……こんな時間に？」

しかし足音は、階段を上ってくる。僕たちは顔を見合わせた。東さんが呟く。「暴走族じゃねえだろうな」

階下から姿を現したのは、スーツ姿の二人組だった。一人は目つきの鋭い中年。もう一人はやや若く、縁《ふち》なしの眼鏡をかけている。二人とも戦闘的な空気を発していて怖かったが、きちんとネクタイを締めているためか粗暴な人間ではなさそうに見え、僕は少し安心した。

中年の男は僕たちの姿を見ると、びくりとして動きを止めた。しかし眼鏡の男と頷きあい、早足で階段を上ってきた。慌てた僕たちはぶつかりあいながらあとじさる。二人の男は素早く階段を上りきると、中年の方が四階への階段をふさいだ。

僕の背後で足音がした。豊中氏だった。豊中氏は突然高島先輩を突き飛ばし、スリッパを脱ぎ捨てながら南側の窓に向かって駆けだした。間髪を容れずに伊神さんが後を追う。伊神さんは豊中氏に追いつくと後ろから襟首を摑んで引っ張り、同時に素早く脚を払った。軽く払っただけのように見えたが、豊中氏は見事に宙を舞い、ごとん、という音を響かせて仰向けにひっくり返った。伊神さんは豊中氏の胸を右膝で押さえ、腕を取って両手と左膝で固めた。豊中氏が悲鳴をあげる。「いて、いててて痛え。離せはなせ」

「話すのはあなたの方ですね。本当は何をやったんです」

伊神さんは左手と膝だけで腕を締めあげると、離した右手を高く振り上げて拳を握った。豊中氏はパニック状態で、動けぬまま悲鳴をあげる。「わっ、やめやめやめろ殴るないてて痛えうわちょっと、よせ殴るな」

伊神さんが僕たちの方に振り返る。「確保しましたが。……警察の方ですね？」

「素晴らしい……！」僕を押しのけて眼鏡の男が答えた。そして手錠を出すと、あたふたと豊中氏に駆け寄った。「豊中浩一、業務上横領及び詐欺未遂容疑で逮捕する」

眼鏡の男はきっちりとそれだけ言ってから、豊中氏にがっちりと手錠をはめた。それから伊神さんを振り仰ぎ、感嘆した様子で言った。「西署の多田《ただ》と申します。……いや、まことに素晴らしい。あなた何か、武術の心得がおありですか」

「先生にはまだまだと言われますが」

誰だ先生って。いや、それは大事ではない。眼鏡の男は刑事のようだ。どういうことだ？

見回すと、豊中氏に突き飛ばされた高島先輩が頭を押さえてうずくまっている。

「先輩、大丈夫ですか」高島先輩が手で押さえているあたりを確かめる。血は出ていない。ぶつけただけのようだ。

「……どういうこと……？」

高島先輩に訊かれても、もちろん答えられるわけがない。僕の方が訊きたいのである。僕は黙って伊神さんを見た。

「同じく、吉丸《よしまる》と申します」中年の方が僕たちをかきわけて出てきた。警察手帳を見せ、一つ頷いてから小声で呟く。「……どうやら、こちらの皆さんは事情をご存じないようですな」

吉丸刑事は豊中氏に歩み寄る。伊神さんの方を見て、ちょっと頭を下げた。「御協力ありがとうございます。……あなたは事情をご存じで？」

伊神さんはやれやれという顔をして首を振った。「多重債務者で、この建物に潜伏していたホームレスです。彼はそう言っていましたが」

それを聞いた吉丸刑事は、きゅっ、と片眉を上げた。「……多重債務ね。ふん、なるほど。……具体的には？」

伊神さんは豊中氏の話を要約して繰り返した。それを聞いた吉丸刑事が頭を掻く。「……なるほどねえ。私らギリギリだったわけですなあ」

「ちょっ、……ちょい待ってください」ミノが声をあげた。「事情って、それどういうことすか」

吉丸刑事は落ち着いて答えた。「この男の嘘ということです。おおかた、そう話しておけば同情されて、黙って放免されるとでも考えたんでしょう」

「……嘘？」

衝撃だった。言葉が出ない。

伊神さんだけが落ち着いていた。「具体的に、どの部分が嘘ですか」

吉丸刑事は腕を組んで、しばらく唸った。

「……借金の話については、実例があることです。整理屋という手口ですな。ただまあ、それはこの男がどこかで聞いた誰かの話であって、この男に起こったことではありません。借金はしていますが」

吉丸刑事は説明の順序に悩んでいるらしく、こめかみに人差し指を当ててぐりぐりと押した。

「借金そのものより、その原因が問題でね。……この男、会社の金を何度かちょろまかしてましてね。正しい日本語で言うと業務上横領と言います。それともう一つ、自殺を偽装して生命保険金を出させようとした。正しい日本語で言うと詐欺未遂ですな」

それから多田刑事に押さえつけられている豊中氏を見下ろし、無表情に言った。「この男、一昨年の二月先物取引で大損して、会社の金で穴埋めしたようです。サラ金で金を借りたのはその穴埋めですな。以後はもう、自転車操業です」

吉丸刑事は僕たちに視線を戻して続ける。「その時点で先物取引なんかやめりゃよかったんですよ。素人にとってのあれはギャンブル以外の何物でもないんだから。ところがこの男はやめず、損をしては借金をつくり、今度は借金の穴埋めに会社の金をちょろまかすことと、その逆を繰り返した。おおかた、これならなんとか回るってんで味しめたんでしょうな。結局、最後は借金と会計の穴を両方そのままにして逃げやがった」

豊中氏が苦しげに反論した。「だから、払おうとしたんだ」

「ふざけるな」多田刑事が吼えた。「それを詐欺と言うんだ。保険会社はどうなる」

豊中氏は歯軋《はぎし》りした。「くそ。……うまくいったと思ったのに」多田刑事を見上げた。「やっぱり、あいつがばらしたな」

「あいつとはなんだ。捜査協力者だ」多田刑事が怒鳴り返した。

「多田さんちょっと、声のボリュームね。……会社の方から被害届が出てましてね」

昨年の九月、湖に車が落ちているという通報があった。持ち主、つまりこの豊中浩一の確認はすぐにとれ、遺書も見つかったが、電話に出た妻・豊中正子はどうも態度がおかしい。豊中浩一には複数の生命保険がかけられており、受取人は消費者金融と彼女である。後に車は引き揚げられたが、豊中浩一本人の死体はいつになっても出てこない。直後、豊中浩一の勤めていた会社から被害届が出された。警察は死体の捜索を続けたが、同時に豊中浩一の偽装自殺を疑い、家族に接触した。

「遺書の中には横領の告白もありました。で、生命保険で会社に補償をしてくれ、とね。つまりこの男、警察をなめとったわけですな。遺書を残して飛びこめば、警察は『責任を取って死んだ』と解釈して捜査をやめるだろう、と」

吉丸刑事は豊中正子を説得し、捜査に協力してもらったとのこと。豊中浩一は定期的に妻に電話をしている。逆探知だけではなかなか居場所の特定ができなかったが、豊中正子は警察の関与を隠したまま、せめて居場所が分からないと心配でしょうがない、と食い下がり、夫から潜伏場所を引き出した。ついでに「愛している」のセリフも五、六回引き出したそうだが。

「そういう事情でしたか」伊神さんはもう興味をなくしたという様子で、壁にもたれかかった。

「まあ、さっきの演説、怪しいとは思ってましたがね」

「最初からですか?」僕は驚いて訊いた。

しかし、確かにそうだ。先刻、伊神さんの態度はどこかおかしかったし、逃げる豊中氏をまったくためらわずに取り押さえた。

「世の中、正直な人間ばかりじゃないよね」伊神さんは僕を見る。「そもそも、豊中氏があんな名調子で演説した時点で、大分おかしかった。あれは明らかに、あらかじめ用意していた文章だよ。……それにね。僕たちは高校生だよ。いい大人が高校生相手に、ああまで徹底した泣き落としをやる時点で、おかしいと思わないと」

高島先輩が、拳を固めて豊中氏を睨んだ。「騙したんですね。私たちなら騙せると思って」

豊中氏は目を伏せている。

……なんてことだ。僕は天井を仰いだ。僕はさっきの話を聴いて、豊中氏は悪質な消費者金融の被害者だと思っていた。違ったのだ。彼は加害者だった。本当の被害者は彼の会社であり、保険会社であり、責任を取らされる彼の上司とか、家族とか、そういう人たちだった。

いや、被害者はもう一人、いる。僕はそっとミノの表情を窺った。ミノは口を開けたまま、まばたきもせずに豊中氏を見て、動かなかった。

……これは、あんまりではないか。

「まったくけしからん」多田刑事が、押さえている豊中氏を見下ろした。「あんたなあ、純粋な高校生を騙して詐欺の片棒担がせるとは何事だ。彼は」ミノの方を見た。

「そこまで。……よしなさい」吉丸刑事が遮った。そしてミノに言った。「三野君、だね。君は何も間違っていない。というより、積極的に行動した分、誰よりも正しいと言えるかもしれないよ。……悩むことはない」

ミノは下を向いて目をそらした。吉丸刑事はそれ以上、何も言わなかった。

「行くぞ」吉丸刑事が多田刑事を一瞥して言う。多田刑事は頷いて、豊中氏を荒っぽく立たせた。僕たちは壁にはりつくようにして道をあけ、刑事二人と犯罪者一人を通した。

「おい」多田刑事が豊中氏をつつく。「詫びの一つぐらい入れたらどうだ」

豊中氏は無言で、ミノの方を見ようともしない。多田刑事は舌打ちして諦め、豊中氏を促した。

去り際、吉丸刑事は立ち止まって、僕たちに背を向けたままぽつりと言った。

「……大人に失望しないでくれよ」

ミノは下を向いている。

「ミノ……」

ミノはしばらく無言で手を握ったり開いたりしていたが、いきなり僕の肩を両手で摑んだ。

「葉山、すまん」

「なんで?」

「畜生。ほんとすまん。この通りすまん。畜生」

なぜ謝る……と訊こうとしてやめた。なんとなく分かった。

ミノは今、やり場がないのだ。豊中氏に向けた感情とか、そのための必死の苦労とか、そういうものを、豊中氏は何一つ受け止めずに流してしまった。

「馬鹿。僕に謝るようなこと何もしてないだろ」

ミノの肩を叩く。

しかしミノはただ、畜生、すまん、と繰り返す。「んだよもう」と言って壁に頭を打ちつけた。「ったくよお。ざけんなよ畜生」

「ミノ……」

皆、何も言えず、ただミノを伏目がちに見るだけだ。ミノはまた「んだよ畜生」と言って壁に頭突きした。

僕だってミノと同じ気持ちだ。いくらなんでも、結果がこんなことになるというのはひどすぎる。

かといって、それは口に出せない。僕が下手な慰めを言っても、かえってミノは辛くなるだけではないのか。吉丸刑事がさっき「よしなさい」と言って多田刑事を止めたのは、そういうことだと思う。

では、黙って耐えるしかないのだろうか。

伊神さんの方を見たが、伊神さんは腕を組んで壁にもたれているだけだ。高島先輩も柳瀬さんも、ミノの方をちらちらと盗み見るようにしているだけだった。

と、秋野が下を向いたままいきなり、たたたたた、と小走りで駆けだした。南側の窓を全開にし、身を乗りだして外を窺う。

あまり勢いよく乗りだすから「落ちるぞ」と言いかけた時、秋野は何かを見定めて叫んだ。

「バカ――――――――――――――――!」

「……」

一同しばし呆然。やがて伊神さんが一言。

「適切な表現だね」

ひひひひひ、と声が聞こえてきた。僕の隣で、ミノが肩を震わせて笑っていた。

「麻衣ちゃん、そこで『バカー!』ってところが可愛いんだよな」

ミノはニヤニヤしながら秋野の背中を見ている。いつもの表情に戻っていた。

……そういえばこの二人、うまくいったのかな。

エピローグ

窓の外は雪が降っている。地面を見下ろすと、うっすらと積もり始めた雪でアスファルトの黒が少しだけ曇っている。

僕は芸術棟の三階、階段脇の窓から外を見ている。今年二度目の雪だ。今度はやまないでくれるだろう。

窓にはりついて、落ちてくる雪片を観察する。大きいやつ、小さいやつ、ふぞろいなやつ。一見するとみんなゴミみたいだが、よく見ると雪はそれぞれに個性的だ。それから遠くの空を見渡す。隣の体育館の上、その向こうのグラウンドの上、民家の上、ずっと向こうのビルの上にも雪は同じように降っている。はるか視界の果てまで、同じように雪が降っている。当たり前のことだがそれが不思議だった。その不思議さがまた楽しくもあるのである。春までに、あと何回これが見られるだろうか。

業務上横領及び詐欺未遂容疑で豊中氏が逮捕され、社会面の片隅に載ってから一週間が過ぎた。吉丸刑事と多田刑事が配慮してくれたのか、もともとたいして重要でなかったのかは明らかでないが、あの後、ミノを含め僕たち市立高校の生徒は警察に何か訊かれるといったこともなく、あくまで平穏でいられた。

壁男の噂はすっかり過去のものとなり、吹奏楽部も送別演奏会に向け、再び廊下を闊歩するようになった（はなはだ邪魔である）。幽霊事件の真相は適当にぼかされて伝わり、こちらでもミノの名前は出なかったから、僕としてはとりあえずひと安心といったところだ。

ミノはといえば、翌週もちゃんと学校に来て、もう立ち直った様子を見せていた。さよう、豊中氏が犯罪者だったからといってべつにミノに責任はないし、落ちこむこともないのである。もともとあいつは頭がいいから、ちゃんとそのあたり理解しているのだろう。

芸術棟の廊下を振り返る。この建物には一ヶ月以上もの間、業務上横領及び保険金詐欺（未遂）犯が潜伏していて、僕たちはそれにまったく気付いていなかったわけだ。怖いと同時に、ちょっと面白い状況だった。もしかして、他にも何かやった人が隠れていたりして。

アトリエに戻ろうとして振り返ったところで、壁に立てかけてあった松の木の書き割りに足をぶつけた。書き割りはふわりと倒れ、がこ、と情けない音をたてた。僕は首をすくめる。

壁男のトリック実演のとき片付けたガラクタは頑張って原位置に戻そうとしたのだが、元おさまっていた場所に戻したはずなのになぜかおさまらなかったり、これまで存在しなかったはずの物がいつの間にか出現していたり、僕も柳瀬さんもこれまでどの順番で並べていたかまったく思いだせない物があったりと、いろいろ怪奇現象が起こったため原状回復はできなかった。

この書き割りも、はたしてどこに置いてあった物を持ってきたのか。

倒れた書き割りを戻そうとして、壁の一角に亀裂が走っているのを見つけた。

……豊中氏はスリッパを履いていた。

唐突にそれが浮かんだ。なぜこんなことを今更思い出すのだろう。

壁の一角に亀裂が走っている。

僕はしばし、中空に思考を漂わせる。……豊中氏はスリッパを履いていた。まあ、分かる。しおらしく装っていただけとはいえ、潜伏中の彼が土足で歩き回るとも思えない。だが僕は誰もいない芸術棟で足音を聞いた。こつこつという靴音を。

……あれは、豊中氏ではなかった。

そういえば伊神さんは言っていた。壁男の話は、ある程度人口に膾炙している。……ミノはあの噂が自分の創作だとは言っていない。壁男の噂はもしかして、前からこの学校にあったのではないか。

突如、脊椎《せきつい》に電気が走った。壁に駆け寄り、亀裂を観察する。よく見ると随分長く深い亀裂だ。そのまわりだけわずかに色が違うし、ところどころひび割れている。亀裂の中央には五センチほどの長さの穴が開いている。覗きこんだが、暗くて何も見えなかった。携帯を出してあてがってみる。液晶画面の光が、穴の奥をかすかに照らした。

僕はそのまま動けなくなった。

深呼吸して立ち上がる。アトリエに飛びこむ。道具箱をひっくり返し、一番大きなノミを引っ張り出す。

……まさか……。

亀裂に沿ってノミを当て、夢中でハンマーを叩きつける。わずかに色の違う周囲の壁は、かなり簡単に崩れた。僕はひたすら壁を掘った。

……こんな亀裂の存在に今まで気付かなかったのは、ガラクタの陰に隠れていたからだ。トリックの実演をするためにガラクタを動かして、あの夜はこれに気付かないまま、書き割りを置いた。もともとは何が置いてあったのだろう。どちらにしろ、壁は塞がっていた。

袖口の部分が見えた。指の骨が見えた。制服のワイシャツと、何かが飛び散った茶色い染みが見えた。思い切りハンマーを一撃すると、ノート大の破片がぼろりと崩れて足元に落ちた。

壁の中に男がいた。首がなかった。

崩れた壁の中から、喩えようのない古い臭いが舞い上がった。男はすでに骨になっていた。いつから……一体いつからここにいたのだろう。

不思議なことに恐怖はなかった。かわりに涙が溢れてきた。

……ずっとここにいたのか。あれだけ人がいたのに、毎日人がいたのに、誰にも見つけられることなく。

止めようもなく涙がこぼれた。壁に手をついて泣いた。

……閉じこめられたのは何年前だ？　君はいつからここに、こんな暗くて狭いところにいたんだ？　誰が、どうしてこんな、ひどい姿になって。誰にも。気付いてもらうこともなく。

白骨死体など初めて見たのに、怖いとか気持ち悪いとかいった感情はまったくなかった。ただ、目の前の男が可哀想に思えて仕方がなかった。……ひどい姿だ。ひどいことをされている。

「……ごめんな……」

毎日あれだけの時間をここで過ごしていながら、僕はずっと見過ごし続けていたのだ。すぐそばにいたのに。目の前にいたのに。涙は止まらない。嗚咽《おえつ》が漏れた。

壁の中の男は、何も語らない。

＊

というわけで、芸術棟は今度こそ大騒ぎになってしまった。

「壁の中から死体　高校大騒ぎ」

「死体発見　高校生首切り殺人？」

「学校の怪談　本当だった」

教職員が抑えてくれたにもかかわらず、マスコミは学校内に侵入してきた。登下校中の生徒はマイクを向けられ、ある者は逃げ、ある者は隠れ、ある者は浮かれた。まあ、現役の生徒が殺されたとかそういうケースではないから生徒も教職員もある程度気楽なようで、むしろお祭り騒ぎを楽しんでいるとさえ見受けられるときもあった。僕は逃げ回った。死体発見の経緯を訊かれても適当にごまかした。これまでの事件、全部説明するなんてできるものか。

困ったことが一つあった。死体発見現場たる芸術棟は警察によって封鎖されてしまい、僕たち文化部軍団は活動場所を求めて学校中をさ迷う難民になってしまったのである。美術部は一応美術室に逃げこめたが、吹奏楽部などは練習場所を求めて体育館、グラウンド、はては屋上にまで進出するようになった。

僕の、芸術棟での安らかな日々は、こうして終わりをつげた。

あとがき

お初にお目にかかります。似鳥鶏《にたどりけい》と申します。この原稿はパソコンで書いております。なぜこんなことをわざわざ書くかというと、私はパソコンが大の苦手だからです。あまりに苦手なためパソコンに触ると肌が痒《かゆ》くなってブツブツができます。アレルギーなのです。小さい頃医者にアトピー性皮膚炎と言われたことはありますがそれは無関係に決まっています。パソコンがアレルゲンで、パソコンを摂取すると体が反応するのです。

パソコンに限らず私は機械オンチであり、そのためかアナログ人間であり、ちょっと現代文明についていけていないところがあるようです。大学に入ってもまだ携帯電話を買いませんでしたし、テレビも持っていませんでした。やっと買った携帯電話は白黒であり、画像の受信はできるのですが受信した画像が真っ黒に表示されるので何が映っているのか判別できず、結局受信した意味がないという代物《しろもの》でした。バイト先の塾の生徒はそれを見て「先生それ高くなかった?」と訊いてきました。今思い返すとどうも「ビンテージだからきっと高いだろう」と思われていたようです。そういう人間なので今でも音楽はカセットで聴いています。すいません嘘です。ちゃんとCDで聴いています。

しかし私の機械オンチは、私自身ではどうにもならないことです。完全に先天性のものだからです。私の母は触っただけでビデオデッキが壊れ、前を通ればテレビの画像が乱れる程の機械オンチで、それが遺伝したのです。おかげで私も小さい頃から機械オンチでした。ステレオを見ても使い方が分からず、自転車に乗ればおばあちゃんにぶつけ、ドラクエをやればセーブデータが消えていました。

そういう人間ですので、最初の頃は小説も四百字詰め原稿用紙に手書きしていました。しかしある理由から、すぐにワープロを使わなければならなくなりました。

今でも新人賞の応募規定は「四百字詰め原稿用紙換算三五〇－五五〇枚」といった書き方がされているくらいですから、手書きすること自体に問題はありません。問題があるのは私の字のほうでした。私は字がおそろしく下手で、友人は「お前、独特の字を書くよね」と好意的に表現してくれていましたが母には「ミミズがのたくったような字」と言われていました。だから最初の頃、書きあがった小説を渡したにもかかわらず友人は読んでくれませんでした。読めないのですから仕方がないのでした。

さらにもう一つ、私の筆圧が問題でした。もともと私は筆圧が強く、鉛筆といわずシャープペンシルといわずすぐ芯を折ります。教育実習に行ったときはチョークを粉々にして次に授業をする先生に迷惑をかけていました。シャープペンシルというやつは便利なのですが使い方を誤るとあれは凶器になります。鉛筆と違って折れた芯が隕石のごとく顔面に飛来します。怖いのでシャープペンシルの芯は必ず「H」を使い、常に筆圧を調節しながら字を書くよう心がけていたのですが、盛り上がるシーンになるとつい我を忘れて筆圧が強くなってしまいます。ギターやバイオリンを弾く人が高音を出す時苦しそうな顔になるのと同じ原理なのですが、漫画ならともかく小説では力を入れて書いても全く意味がありません。誤字が増え、原稿用紙が破れ、折れた細かい芯が机に黒い筋をつけるだけです。それに加えてその筆圧ゆえ、少しまとまった長さのものを書くと、すぐ手首が痛くなりました。おそらく指と手首の関節が筆圧についてゆけず炎症を起こすのでしょう。バスケット選手のジャンパー膝とか野球選手の野球肘と似たようなもので、アスリートならば避けては通れない試練ですが、別にアスリートでないのでワープロを使って避けることにしました。

そんなわけで、どちらかといえば仕方なくワープロを使い始めたのでした。使い始めの頃は書いたものをどうやって保存するのか分からなかったり印刷するとどうしても紙が斜めになってしまったりしてそれなりに苦労していましたが、慣れてくるとそうしたことも気にならなくなり、けっこう快調に文章を書けるようになりました。何より、ワープロを使って文章を書くという行為はなんとなく恰好いいもののように思えました。両手の人差し指をなめらかに動かしてキーボードを叩く自分はなんだかすごく知的で熟練した「専門家」のように思え、書く作業自体が楽しくなりました。ネタがない時でもとにかく何か書きたくなり、ネタがある時に書く物は無駄に長くなりました。ワープロにはどうもそういう、一種の中毒性があるようです。

しかし、勝手なものです。ワープロとの蜜月が終わると、私はすぐその機能に限界を感じ始めました。大学の三年次あたりから、私がミステリというものを書くようになったからです。ワープロでは、ミステリにしばしば登場するあるものを作成するのに非常な困難を伴うことが分かったのです。

まだワープロをお持ちの方、ぜひ試してみてください。「館の平面図」を全部「罫線《けいせん》」で描いてみてください。そしてそれを印刷してみてください。一枚につき三十分くらいかかるはずです。インクリボンが片面なくなるはずです。そしてナナメの線が書けずギザギザになるはずです。そうした問題を解決できるハイテクなワープロも当時、存在するにはしたのでしょうが、だから私はハイテクなものが苦手なんですってば。使っている洗濯機にタイマー機能がついていることを三年以上知らなかったような、バナナを冷蔵庫で保存して真っ黒に腐らせたような機械オンチの私に、そんなハイテクなものが扱えるわけがありません。話はそれますが豆腐を冷凍庫で保存すると凄い状態になってびっくりすることうけあいです。勇気のある人は試してみてください（ただし食べ物を粗末にするのはよくないので、どんな状態になろうと必ず食べるように）。

そういう苦労もあり、行きつけの電器屋のインクリボンコーナーがどんどん縮小されていって危機感を感じたこともあり、大学院にはパソコンルームが完備されていてゼロックスの超高速レーザープリンタがただで使えるようになったことなどもあり、私もようやくパソコンを使い始めました。もちろん、最初の頃は苦難の連続でした。

まったくパソコンというやつは、どうしてあんなに難解なのでしょうか。ちょっと変なところをいじるとすぐウインドウが下の方に消えてしまいます。言語バーが何かの後ろに隠れてしまいます。直射日光の下で十二時間も使うと画面が固まってしまい、電源を切ることすらできなくなってしまいます。仕方なくコンセントを抜いたら抜いたで、再起動すると得体の知れないファイルが出現しています。パソコンに詳しい友人が「パソコンは壊して覚えろ」という格言があることを教えてくれたので早速マイナスドライバーで壊してみたのですが、細かくて複雑なCPUだかICUだかがややこしく並んでいるだけで、とても覚えられたものではありません。

しかし、そこで諦めるわけにはいきませんでした。大学院の授業では大量のレポートを書かねばならず、それまでやっていたような、資料となる本をコピーして切り抜いてレポート用紙に貼り付けてそれを再びコピーする、というアナログ式コピー&ペーストではとても間に合いませんでした。そもそもレポートそのものを「添付ファイル」なるものにして提出せねばなりませんでした。

私はそこでようやく気付きました。これからの時代、パソコンを使えないような人間は社会に適応できず、ドードー鳥のごとく絶滅するに違いないということに。

新たな道具が発明され、商品化され、一般に普及する。大多数の人が日常的にその道具を利用するようになると、今度は逆に、それを持っていない人間がマイノリティとして排除されるようになる。ことの是非は措くとして、どうやらこれは歴史の必然のようです。百年前の人間は自動車なんてなくても生活できていましたが、今では免許がないと就職もおぼつきません。二十年前の人間は携帯電話なんてなくても様々なテクニックを駆使して友人と落ち合っていましたが、今では携帯電話なしでは待ち合わせなど考えられず、あろうことか「なんで携帯持ってないんだよ」と迷惑がられます。同様にきっとこれからは、パソコンがないと小説など書けなくなるのでしょう。ペンは骨董品になり、四百字詰め原稿用紙は姿を消し、小説の新人賞の「応募の心得」コーナーから「原稿用紙のマス目に合わせて一字ずつワープロで印刷してくる人がいますが、これは非常に読みにくいのでやめましょう」などという記述も消えるのでしょう。それは時代の流れというやつで、一人だけ意地を張って古い道具を使い続けても無駄な苦労が増えるだけで、流れに乗って新しいものに買い換えていくのがきっと賢いやり方なのでしょう。でもブラウン管テレビはもう少し使わせてください。Windows XP のアップデートももう少し続けてください。お願いします。だってみんなゴミになっちゃうじゃないですか。

とにかくそう気付いた私は頑張ってパソコンを（とりあえず Word の使い方だけ）覚え、パソコンで小説を書きました。ルビをつけるたびにそこだけガバッと空いてしまう行間の設定に悩まされたり、フラッシュメモリをポケットに入れたままシャツを洗濯してしまったりといろいろ困難にぶつかりましたがそれでも頑張って、体中をぼりぼり掻きながらパソコンに向かいました。こんなに頑張れたのはひとえに Office アシスタントのイルカ君がかわいかったからではなくて書くことが楽しかったからでしょう。

書くことの楽しさは読んでもらう楽しさ、自分が書いたものをいつか誰かが読んでくれるだろう、という嬉しさにあります。まあミステリの場合、書く楽しさの中には「ひひひ。きっと読んだやつはここで騙されるぞ」といういささかタチの悪い楽しさも含まれているのですがそれは今は措いておきまして、とにかくこの文章だって、きっと見知らぬ誰かが読んでくれる、そう妄想するから楽しく書けるのです。つまり、この楽しさはすべて読者の皆様のお蔭であります。この場を借りまして厚くお礼申し上げます。本作を読了されました皆様、読んで頂きありがとうございました。ほんとありがとうございました。このあとがきから読んだ方も、あとがきを読んでくださりありがとうございました。できれば本編も読んでくださいね。お金を払って買って頂く以上、「買って損した」というものを書かないよう、今後も精一杯頑張ります。

また、世間知らずな私は作品が「商品」になるまでにはおそろしく大変な工程を経なければならないことを最近になって知りました。作品そのものはいわば食材、それも一部に過ぎないようでして、下ごしらえをして切ったりすりおろしたりして他の食材と合わせて加熱してアクをとって調味して盛りつけて配膳して時にはテーブル脇に立って料理の説明をしなければお客様のもとに届かないわけです。したがいまして編集桂島氏を始めとする東京創元社の皆様、校正デザイン印刷取次さらには書店の皆様、そしてこの絵があれば小説はいらないんじゃないかという勢いのイラストを描いてくださったtoi8先生、厚くお礼申し上げます。こんなこと書くと「俺は著者のために仕事してるんじゃねえ。自分のためにしてるんだ」とハードボイルドに否定されるかもしれませんがそもそもお礼というものは言う方が言いたいから言うものですのでどうかお許しください。

それではまた次作でと終わりにしようとしたのですが、今さっき脳内編集者の「あとがきなんですから作品について書いてください」という声とリアル編集者の「まだページありますのでもう少し書いてください」という声が聞こえましたので作品についても少しだけ書きます。

本作は第十六回鮎川哲也賞に応募し、運よく佳作に選ばれた作品です。最初は新人賞に出すつもりなどなく、大学時代に在籍していたサークルの友人に見せて改善すべき点を言って貰い、今後の参考にしようといういわば習作でした。しかしアドバイスを貰って直してみたら思ったより出来がよかったため、調子に乗って応募してしまったのでした。アドバイスを頂きましたサークルの友人倉吹《くらふき》ともえ及びM氏N氏、ありがとうございました。

タイトルには特に意味はなく、道立旭川美術館で見た舟越桂氏（天童荒太先生『永遠の仔《こ》』のカバーの作品を作った方です）の作品に〈午後にはガンター・グローブにいる〉というのがあり、タイトルと作品の絡み方が凄えと思ったので真似をしただけです。字面を見ると一体どこをどう真似たのかよく分かりませんが、私の頭の中では本作のタイトルと紙一重です。

執筆時私は大学院生であり勉強が忙しく、結果としてほとんど取材なしで書けるよう、高校が舞台になりました。だから自分の母校がモデルです。この母校には私が在籍していた当時、山に登ると細胞分裂で五人に増える山岳部の顧問や背中にファスナーがついていて中には別人が入っている社会科教師等、面白い教師がたくさんいました。面白いからいずれ書くかもしれません。

また、応募当時は時代設定も十数年前、つまり私が高校生だった頃にしてありました。就職もしてそろそろ三十に手が届こうかという歳になった主人公が、校舎が解体されると聞いて久しぶりに母校を訪れ、当時の事件を回想するという設定になっていました。これは取材云々ではなく、実際に母校の校舎が解体されると聞いたため、哀悼の意を捧げるといったつもりで書き始めたからです。しかし書き上げてみると回想形式をとった意味はあまりなくなっており、その点を選考委員の先生方にズバリ指摘され、刊行前に、リアルタイムの話に直すことになりました。第十六回鮎川哲也賞の選評でも触れられている点ですので、あれれと思われる方がもしかしたらいらっしゃるかもしれませんが、そういう事情があったことをお断りしておきます。結果として作品はよりよくなったと自負しております。哀悼の意は、まあ、いいでしょう。

それにしても話は戻りますがこのパソコンというやつはどうしてこう難解なのでしょう。最近また余計な機能を使ってしまったらしく、.doc ファイルを開くたびに画面が真っ黒になり「BANG!」という文字が表示され、保存しておいた文章にぼこぼこ穴が開くようになってしまいました。これでは文章が読めないのですが設定の戻し方が分かりません。まあ、編集の方はパソコンに詳しいはずなので、この文章もそのまま送ればむこうで設定を戻してくれるとは思いますが。

二〇〇七年九月

似鳥 鶏

本書は文庫オリジナル作品です。

著者紹介　1981年千葉県生まれ。2006年，『理由あって冬に出る』で第16回鮎川哲也賞に佳作入選し，本作でデビュー。他の著作に『さよならの次にくる』（全2巻）などがある。アンソロジー『放課後探偵団』にも参加。

理由《わけ》あって冬に出る

2007年10月31日　初版
2012年 3 月 9 日　11版

著　者　似《にた》　鳥《どり》　　鶏《けい》

発行所　（株）東京創元社
代表者　長谷川晋一

162-0814/東京都新宿区新小川町1-5
電　話　03・3268・8231-営業部
03・3268・8204-編集部
URL　http://www.tsogen.co.jp
振　替　00160—9—1565
モリモト印刷・本間製本

ISBN978-4-488-47301-3　C0193